文芸社セレクション

# 吸って吐いて、空を見上げて

真藤 みゆ

SHINDO Miyu

文芸社

# 目次

# 流星

雨が降り続くために、夕方からのお客さまが一件キャンセルになった、六月のとある午後のことだった。

その女性は私のサロンにやってきた。

「知り合いから、こちらのエステ、すごくいいと勧められて来ました」

「恐れ入ります。エステティシャンの高遠友梨子(たかとうゆりこ)と申します」

私は名刺を渡し、女性を応接室へと案内した。

このマンションでエステルームを開いてから、もうすぐ二十年目を迎える。

エステルームを開こうと決意した時から決めていたことがある。

まずは価格。美しくなりたいと願う女性なら、どなたでも安心して通っていただけるように、より安価に。

お客さまの肌悩みに寄り添い、確実な成果が出せるように技術を磨くこと。美容の専門家としての知識を深めていく努力をすること。そしてお客さまに心から寛いでいただけるよう、清潔で落ち着けるエステルームにすること。

最初に立てたこれらの目標に向かって、自分なりに日々研讃と工夫を重ねてきたつもりである。その甲斐あってか、マンションのため看板を大々的に掲げられないにも拘わらず、私のエステルームの評判は口コミで広がっていったらしい。昔からの知り合いと、そのまた知り合いといった方が多く、エステ時に次の予約をなさる方や、電話で予約される方もいらっしゃる。また、今日のこの女性のように、突然インターホンを押す方も少なくない。

お客さまを通じて、交友の輪が広がっていることに感謝する日々である。

初めてのお客さまには、まず「エステカウンセリングシート」というものに、必要事項を記入してもらうことにしている。

項目は、

①「お名前」「ご住所」「連絡先電話番号」「生年月日」「年齢」
②ここ一ヶ月の肌悩み（〇をつける。複数回答可）
③この一年の体調について（〇をつける。複数回答可）

時々考えこみながら、女性はペンを走らせている。

私は、その横顔をみつめた。

左の頬に、ファンデーションでも隠し切れない茶褐色の円いシミ。あごの近くにも、点々と色素沈着。

「これでいいでしょうか」

記入を終えた女性は、ペンを置いて顔を上げた。その眉間には、くっきりと「川」の字に縦ジワが刻まれていた。

年齢は五十一歳。私より五歳も若い。下がり気味のまぶたと、元は卵型であったと思われるこけた頬。そして大きなシミとくすんだ肌色によって、とても疲れて見える。眉間のシワのため、微笑みが悲し気に見えてしまっているのも残念だ。まだ老けこむ年齢では決してないはずなのに。

お名前。私はその名前に釘付けになった。最初から、会ったことがあるような気がしていた。

後頭部の低い位置で束ねた髪からのぞく白いうなじには、見覚えがあった。かつてはふっくらとした真珠色の肌をしていたはずだ、この人は。あらためて、時の流れの非情さを感じながら、目の前でうつむく女性の顔と、エステカウンセリングシートとを交互に見た。この人は。——大石英理子（おおいしえりこ）——鼓動が速くなり始めた。

エステベッドへと案内した。

今回は、初めてのエステになるので、お試しの「トライアルエステ」を受けていただくことにした。通常のエステの半額以下でその過程を少し割愛することになるが、マッサージをして、肌悩み別のパックを使用することで、より早くなりたい肌に近づけるとして、喜んでいただいている。

クレンジングクリームで丁寧にメイクを落とすと、カウンセリングの時には見えなかった大小様々なシミが、顔全体に浮かび上がった。次にウォッシュでメイク汚れを洗い落とし、そのあとスポンジと蒸しタオルでふき上げる。

英理子の肌は冷えていて硬かった。恐らくこのままではエステ化粧品の美容成分がうまく浸透していかないだろう。

まず、スチームをかけて、ボディマッサージをして、体全体の血流をよくする。多くの女性がそうであるように、英理子の肩も首筋も、石か木の根が入っているかのようにコチコチに固まっている。

「相当凝ってますね。ストレス、多いようですね」

私は、そう囁きながら、カウンセリングシートの「ここ一年の体調」の欄の回答を思い出していた。

「ストレスを強く感じる」「睡眠不足」「喫煙」「疲れやすい」「憂うつ」「イライラ」かなり多いように思う。

「はい」

少し間延びして、英理子は返事をした。そのくぐもった声の中に、なぜか今にも小さな火種が爆発しそうな気配を感じて、一瞬たじろいだ。

フェイシャルエステに進む。

まずは顔のコリをほぐす。奥歯の下の頬、小鼻の横、鼻スジから眉頭。そして、こめかみ。こめかみから耳の横、耳の下。それからゆっくりと鎖骨へとリンパを流していく。

英理子は何度も、「ああっ」と小さく声をもらした。

マッサージクリームは、あっというまにその乾いた肌に吸いこまれていく。

パックを塗り終える頃には穏やかな寝息が聞こえ始めた。私は英理子の首元から下に、タオルケットをかけて、その眠りを妨げないように、そっとエステルームを出た。


「美容専門学校ですって？　だったら、一円の学費も出さないよ」

「どうしても行くというのなら、この家から出ていきなさい」

「人ばかり美しくしてあげて何になるの？　あなた自身、四年制の大学へ行って、きちんとした会社に就職して、女性として自信を持って生きられるようにしなさいよ」

あの時、母はそう言い放った。

「美容」を一生の仕事にしたいと、中学生の頃から漠然と思い描くようになった。高校生になった私は、具体的な美容学校を絞りこみ、将来を夢見た。

しかし、母にはわかってもらえなかった。何度話し合っても、最後はいつも口論になった。母の言葉は、剣のように鋭く私を刺し貫いた。頑なな母に対して、言いようのない怒りを覚えながらも、まだ子どもだったあの頃の私は、家から一人追い出されるという恐怖に勝てず、自分の意志と夢とを折りたたみ、胸の内にしまいこんだ。

「あら、あきらめたのね。その程度の夢だったのよ。お母さんのいう通りにしていればまちがいのない人生が送れるんだから。もうわがままは言わないで、言うとおりにしなさい」

四年制女子大への受験を決めた私に、母は勝ち誇った笑顔を見せたのだった。以来私は、自分の気持ちを主張するということは、「わがまま」なことであり、あってはならないことであると、思いこんで生きてきた。いつでも他人の考えや気持ちを尊重し、自分の気持ちを後回しにし続けた。そして、母の希望どおりに大学を卒業した私は、大手化粧品会社に入社した。ひょっとしたら、「夢」は無意識のうちに再び息吹き始めていたのかもしれない――。

使用済みの器具やスポンジを洗いながら、私は、決して忘れられないあの日のことを思い出していた。

春はまだ浅く、冷たい夜の粒子と人工の灯の色彩の入り混じる街角に、私は立っていた。歩行者信号が青になり、「カッコー」の声が響き始めると、通りの両側にいた人々は一斉に車道へと流れ出し、交差していく。

ベージュのコート。白いニットのワンピース。大切な日には、絶対白い服を着ようと決めていたのだ。

「話がある。大切な話なんだ。明日仕事終わってから。そうだな、七時頃、デパートのティファニーウィンドー前で」

向こうからかかってきたその電話は、そっけなく切れた。高志（たかし）からの電話だった。電話を切ってしばらくたっても、動悸がおさまらなかった。

「大切な話」って、何？

東田高志（ひがしだたかし）は、職場の同僚で四歳年下。高志が転勤してきた二年前に知り合った。最初のうちは何人かでドライブしたり、食事会を開いたりしていたが、いつの頃からか、二人だけで会うようになっていた。

私たちは、同じものを見て同じ箇所に同じようにおもしろみを感じ、笑い、また抱く疑問も同じだった。ドライブの途中の車内でもお好み焼き屋でも、居酒屋でも、私たちの目は同じものを捉えていた。楽しかったこと、辛かったこと、悔しかったこと、嬉しかったこと……何でも話し合った。とても気の合う異性の友人として、私の横にはいつも彼がいた。一緒にいると、心から安心できた。

ある日、偶然触れた指先が、何時間たっても温かく感じられた。その時から、その安心感は、友情とは少し違う、甘酢っぱいものへと変化し始めたのだった。

あらたまって何の「話」だろう。電話ではできない重大な「話」ということだろうか。私たちは友だち同士で、でも最近ちょっとずつ何かが変わってて。それは彼も感じているはずで。

もしかしたら――。明日は、人生最良の日になるかもしれない。そうなればどれほど幸せなことだろうか。

いやいや。これまでの私の人生が思い通りになったためしがないではないか。私が胸に抱いた希望は、その都度邪魔され、度々挫けてきた。「期待」してはいけない――。私は、時折舞い上がりそうになる自分の心を抑えつけた。

　胸がザワついて寝つけず、眠ったかと思えば寝返りのたびに目が覚めて、ため息をつく。それを繰り返してようやく深い眠りに落ちたのは、明け方近くだった。


「ごめん、遅れて」

　肩を軽くたたかれた。振り向くと彼の笑顔があった。点々と伸び始めた無精ひげのせいか、彼はちょっとやつれて見えた。

　桜並木を歩いた。通りからでも見てとれるほど、小さなつぼみが赤みを帯びている。今年も、二人で満開の桜を見上げたい。

「今日までにどうしても終わっとかなならん仕事があってね。やあっと終わった」

　彼は、両腕を頭の後ろで組んで伸びをし、軽くあくびをした。

　こんな風にくたくたになって帰ってくるこの人を、毎晩「お疲れさま」と笑顔で迎えたい。この人の好物をたくさん作って。この人の喜ぶ顔をいつも近くで見られたら――。そんなことを考えながら、彼を見上げて「お疲れさま」と言った。

　レストランに入り、いつものように向かいあって座る。山に囲まれた小さな食堂で。海辺のカフェで。私たちはこのように向かいあったのだ。

今夜は。

いつものように笑ってはいるけれど、なぜかその笑顔が真顔になる瞬間があることに気づいてしまった。そういえば、いつもより口数が少ない。

胸に刺すような痛みを覚えた。

今、私は彼の目にどんな風に映っているだろう。ファンデーションが小鼻のところでヨレていないだろうか。マスカラが下まぶたについて、パンダ目になってはいまいか。

火照ってきた体を冷やそうと、冷たい水をひと口飲んだ。グラスをコトリと置いた時、彼は静かに切り出した。

「明日、結婚するんだ。俺」

「明日」「結婚」「俺」――!? それらはあまりに唐突に私の中に入り、頭の中で渦巻き始めた。血がスッと引いていくような不快感に襲われ、目を閉じた。

「なあんてな。冗談、冗談」

そう言って笑ってほしい。心の中でそっと祈った。

闇の中で、彼の声だけが低く響き始めた。

「三ヶ月前に、大学の先輩に紹介されたんだ。君もよく知ってると思うけど、女子アナの大石英理子さ」

おおいし、えりこ? ああ、あの。大石英理子といえば、今や星のように輝いて、多くの人の憧れと信頼を集めている、大人気のアナウンサーだ。

ふっくらとした笑顔がチャーミングで、可愛らしいという印象があるが、明るい声で、商品の紹介をしたり、キリリとした表情でニュースを伝える。テレビで見かけるたびに、この人は、容姿のコンプレックスなど微塵もないだろうなと思っていた。……あの人と。

「君に言わなくちゃならないなと思ってさ」

そして、くいっくいっと、のどの鳴る音。ガラスの重なり合う音。そして大きな息とともに一日の疲れやらストレスやらを吐き出す音。そして、上下する喉仏と、上唇についた白い泡が浮かんで、消えた。

どこか深い所で、早鐘が鳴り続けている。それは次第にジンジンとした痛みを伴って、私を揺さぶり始めた。

臓器という臓器、感情という感情が凍りついていくような——。これは悲しみなのか、怒りなのか。それとも寂しさなのか。何をどうすればいいのか。

気がついたら、通りを走っていた。彼が何か叫んでいたようだったけど、その声は風の音にかき消された。

数日がたった、昼休みのことだった。

給湯室で食後のコーヒーをいれてデスクへ戻ると、男性社員たちが何やら盛り上がっていた。数人の女性社員たちも、何？　何？　と集まり始めている。

「きれいだったな、嫁さん。テレビで見るより数倍」

ていた。

「天は、二物も三物も彼女に与えたり、だな」

「だな。それに、彼女の家、資産家らしいぜ」

彼らは、高志と英理子さんの結婚式に出席したらしい。数冊の小さなアルバムを手にしていた。

女性たちも、アルバムを手にとってため息をついている。

「え？　何？　東田さんのお嫁さんって、もしかして大石英理子？　いつのまに？」

「やっぱりきれい」

「肌きれい」

「鼻高い」

「この背中の大きく開いた、マーメイドラインのドレス、スタイルに自信ないと着れないよね」

口々に花嫁の美しさを讃えている。

ほら、あなたも見て——と手渡されたアルバムには、新郎新婦の晴れ晴れとした姿があった。

白無垢、綿帽子、ウェディングドレス。キャンドルに灯をともす二人。ハンカチで目元を押さえる花嫁。その肩にそっと置かれた見覚えのある大きな手。匂いたつような白いうなじ。端正な横顔、涙、笑顔。——そのまなざしのすべては、まっすぐに彼へと向けられていた。

私は思わず目をそらした。

この会社の人は誰一人として知らないのだ。彼と私が二人だけでドライブしたり、食事に行ったりしていたことを。私の思いだけが次第に独り歩きし始め、終いには暴走してしまったことを。

結婚することを、その前日に知らされてよかった。あれこれ考え、落ちこんで泣くひまもなくて。

彼の相手の人が美しい人でよかった。どう逆立ちしても敵うはずのない、圧倒的な美しさ、その存在感。

なぜ、容姿も何もかもがパッとしない自分が、しかも四歳も年上の自分が、彼の伴侶として選ばれるなどと勘違いしていたのだろう。うぬぼれが強すぎる。今思えば恥ずかしい。

夜、家に帰ってからも写真の中の白いうなじを思い出し、眠れなかった。


一年がたった。

少し前までは街を歩くのが怖かった。彼と一緒に行ったレストランや焼き鳥屋の看板が目に入ると、息が止まりそうだったから。人目をはばからずここで泣けたらどんなにいいだろう。――幾度となく街角で立ちすくんだ。

そして今。何とか一人で歩けるようになった。

会社と家との往復の毎日だけど、時を追うごとに平静をとり戻していく自分がいて、特別なことの何もない、その生活になじんでいた。

このまま悲しむことも傷つくこともなく、心に荒波をたてず穏やかに暮らして、定年まできちんと勤め上げよう。そしてどういう形でもいいから、お互いのことを尊重しあい、大事に思える人たちと共に、ひっそりと生き、そして死んでいくのも悪くないかなと思うようになっていた。

彼といたあの日々のことを、心乱すことなく思い出せるようになっていた。

その一瞬一瞬が楽しかった。その思いは彼も同じだったと信じたい。「話がある」というフレーズを「プロポーズ」だと勘違いして一人で勝手に舞い上がっていただけなのだ。

彼をみつめ続けていたはずだったのに、彼の心の揺れに全く気がつかなかった。一体私は、彼の何を見ていたのだろう。

私は彼との「楽しいこと」のその先には「結婚」があると思いこんでいた。しかし彼のその先には私との結婚など、かけらもなかった。ただそれだけだ。すべての苦しみは、思いこみと勘違いとで、私自身が作り出した幻だったのだ。


その年の冬の夜だった。

残業して、一人乗ったエレベーターに、彼が滑りこんできた。心臓が、バクと打った。

偶然とはいえ、「二人きり」というのは久しぶりだ。あの日以来、向かい合うことはもちろんのこと、ひと言の言葉も交わしていない。彼のことを意識的に、徹底して避け続けていたのだった。

　彼は私の横に並んで、ねェ、と呼びかけてきた。それはかつて彼が私に呼びかける時の呼び方だった。私はただ黙って前をみつめ続けた。

「ね、ちょっと話せないかな」

　この人は一体何を考えているのだろう。私は目を細め、横目でチラリと彼を見た。相変わらず、ブランドの、よいコートを着ている。

「にらまないでくれ。君には悪かったと思ってるんだ。君に、もう一度謝りたかったんだ」

　彼は囁いた。私はただ黙ってうなずいた。

「この後、食事しながら話さないか」

　私の態度を誤解したのか、彼はほっとしたようにそう言って、笑顔を見せた。そのとたん、背筋を冷たいものが滑り落ちた。違うでしょ。何なの、今頃。私はあなたと全く関係ない人生を歩き出そうとしてるのよ。それに。

　裏切りを重ねようというのか。かつて私を裏切ったように、今度は妻となった人を。私ならほいほいとOKするとでも？　怒らないと？　傷つかないと？　何をされても許すと？　この私なら――。嫌な思いが次から次へと、濁流のように押し寄せてくる。それは、彼に対して初めて感じた嫌悪感だった。私は自分の気持ちに戦いた。

　彼が私の肩に手を置こうとした途端、電流に似た何かが私を貫き、全身がジンジンと痺れ始めた。私はその手を払いのけて、叫んだ。

「これ以上、私に関わらないで」

同じ空気さえ吸いたくなくて口元を手で覆い、エレベーターから走り出た。

「待って。違う。違うんだよ」

彼の声は、虚しく途切れ、ついに風に消えた。

どうやってバスに乗ったのかも覚えていない。気がついたら、私の住む街へ行くバスの中だった。いつものバス停で降り、街灯などひとつもない田舎道を一人、ぼんやりと歩いていた。

いろいろな思いがない混ぜになったものが潮のように何度も胸にこみ上げ、その度に鼻がギュンとつまった。しかし、涙は出なかった。

見上げれば満天の星だった。

それは、少しだけ強くなれた私へ、何者かがくれたプレゼントのように思えた。

「イヤなものが来たなと感じたら、吸えるだけの息を吸って、ゆっくりとそれを吐き切りなさい。そうすれば、悪いものはスッと消えていくから」

遠い先祖が陰陽師だったという知人から聞いた、邪悪よけの秘法を思い出した。

私は星空を見上げ、大きく息を吸い、吐き切った。

その時、澄みわたった紺碧の夜空を、星がひとつ、光って流れた。

そして、思った。

私は、自由なのだ、と。

年が明け、その年の年度末で私は会社を辞めた。

貯えたお金で、迷わず美容学校に入った。うんと年下の美しい同級生たちと共に、美容の基礎から、エステやメイクの技術、接客やサロン経営の方法などを学んだ。会う人、見るもの、聞くもの、すべてから、自分でも驚くほどの貪欲さで、多くのものを吸収していった。

胸に折りたたんでしまいこんだはずの「夢」は、長い年月をかけてゆっくりと熟成していたらしい。そのエネルギーは想像していたものよりずっと大きかった。

同時に実家を出て、一人暮らしを始めた。定年で退職された、会社の元上司が、夫婦で田舎暮らしをするから、と、自宅マンションを市価より随分安く貸して下さったのだ。それがまさに、今いる、このマンションである。

心の焦点がカチリと合った、あの流星を見た夜以来、私は全力で駆け抜けてきたのだ。


「私の肌、ひどかったでしょ」

エステの後、ハーブティをひと口飲んで、英理子はため息をついた。

美しい花嫁姿の英理子を写真で見たあの日から二十年以上がたつ。真珠のように美しかったその肌が、大袈裟にいえば、地割れした大地のようになってしまっている。時の流れの容赦なさと残酷さ、だろうか。しかしこの劇変から、ただそれだけではない何かを、私は感じとっていた。

「私、あまり料理が得意じゃなくて、結婚当初は料理本を見ながら、やっと作っていました。夫は、そんな私の料理でも必ずほめてくれたんです。『こんなの作れるの？　すごいね』って。だから私、もっとがんばろうと思って、料理教室にも通いました。おかげでお惣菜はもちろん、フランス料理まで作れるようになったんです。夫は、食べることにお金は惜しまないという人で、よく美味しい店に連れていってくれました」

美味しいものを味わうことが好きで、お金は惜しまない……。あの頃の彼の姿が思い出され、私は微笑んで小さくうなずいた。

「二年目に息子を授かりました。夫は私の体を気遣って、よく手伝ってくれたんですよ。息子が生まれてからはもう、どっぷりイクメンです。ミルクやおむつ替え、保育園への送り迎え、そして休みのたびに、三人で遊園地や公園に出かけました。息子とキャッチボールも、よくやっていました」

「そうですか。いいご主人ですね」

彼はよき夫であり、よき父親であるようだ。しかし。私はうなずきながらも、さっきから感じている違和感をぬぐい去れないでいた。それはむしろ、大きくなっていたのだった。

「エステカウンセリングシート」――私は手元に置いたそれを、もう一度見返した。

「ストレスが多い」「憂うつ」「睡眠不足」「喫煙」「常にイライラする」――。笑って、仲よく暮らし続けているはずなのに、これはどういうことだろう。結婚して二十年もたてば、最初は仲のよかった夫婦にもいろんな葛藤があると思う。そのことは、あれから別の男性と結婚し、家庭を持っている私にも理解できる。奥様方は、家庭内が平和で円満であるにもかかわらず、何かしらの不満を持っているものだ。英理子もそうなのかも知れない。

英理子は、カップに半分程残った冷めかけのハーブティを飲み干すと、大きく息をついた。そして私をじっと見据えたのだった。一瞬だったけれど、そこに暗い光が宿ったのを、私は見逃さなかった。……何？　……。私は身構えた。

「朝、いつも通りに夫は仕事に出かけていきました。いつもの時間、いつものように、コーヒーを飲んで、本当、普通に。

その夜、夫はなかなか帰ってきませんでした。外で誰かと飲む時は必ず連絡をくれていましたから、きっと仕事が終わらないんだろう、くらいに思っていました。明け方になっても帰ってこないので、さすがに心配になって電話をしてみましたが、つながらなかったし、前の晩、私が送ったラインも未読のままでした。

書斎に行ってみると、机の上に私あての封書と、貯金通帳が置かれていました。

『ごめん、疲れた。探さないでくれ』

短い手紙でした。くらくらしました。それが昨年の十二月です。会社も、私に何も言わずやめていました。それ以来、夫はいなくなってしまったんです」

英理子は無表情で、淡々と語り続ける。だが、その内容は驚くべきことだった。平和に、幸せに暮らしていた英理子に突然起こった霹靂。その心中を思うと、息が止まりそうになった。

「方々探しました。上京している幼なじみの方にもたずねました。夫が立ち寄りそうなレストランや旅館、家族旅行で泊まった九州各地の温泉宿や名所など、探し回りましたが、とうとう居場所はつかめませんでした」

英理子は、私から視線をそらさずに話し続けた。

「もうこれ以上探すのはやめようと思いました。夫を自由にしてやろうと。この間、机のものを処分してしまおうと思って引き出しを開けたら、チラシをみつけました。とってもきれいなチラシでした。夫はそのチラシを大事に、クリアファイルに入れていました。随分古いものにも拘わらず、折り目もなく、きれいなままでした。それが、ここのエステルームのチラシです。あなたの名前と、場所と電話番号が記載されていました」

私は息をのんだ。

二十年前、エステルームをオープンする際に、地元の方に知っていただければと、数十枚のチラシを作った。そして近隣だけでなく元同僚の女性たちにも手渡したのだった。そのチラシが彼の手にも渡っていたとは。しかし、彼がコンタクトを取ってきたことは一度もなかった。

もしかしたら、あのエレベーターの中で話した夜。彼は葛藤を抱えていたのかも知れない。心の内を吐露したかった彼を、私は突っぱね、逃げた。今頃気がついても遅すぎるが、あの時私がすべてを聞いてあげていたら。

「東田の心には誰かが潜んでいるって、いつまでたっても感じてました。私と一緒に暮らしているにもかかわらず、その視線は、どこか遠くに向けられている感じがしていたんです。そのチラシを見た瞬間、わかりました。あ、この女だ、って」

場の空気が張りつめた。

「東田を知りませんか」

英理子は、絞り出すような声でたずねた。私は首を横に振った。

知らない。一切。あの夜以来、会っていない。

英理子は、ああ、と声をたてて息を吐き、衣装かごに入れていたバッグをひざの上に取り上げた。そして、ナイフを取り出したのだった。まるで、きゅうりか、ナスを取り出すように。英理子は、その鋭く光るものをみつめながら、うっすらと笑った。

「私ね、実は今日、あなたを殺そうと思ってここへ来たんですよ」

――。背に冷たいものが走った――狂っている、この人――。頭から血が引いていくのがわかった。それでも、冷静に、と自分に言いきかせ、バクつく胸に手を当てながら英理子と対峙した。

「誤解です。東田さんと私の間には、あなたが疑うような感情も出来事も何もありません。

それに、私にも家族が、そう、夫と息子がいます」

　私の言葉が終わらないうちに、英理子は叫んだ。

「あなたに夫がいようが息子がいようが関係ない。東田の心の中にいつもあなたがいたってことが、我慢ならないのよ」

　英理子は、その手の光るものを私に向けたのだった。

「東田は無意識の内に、あなたと私を比較してた。いつもいっつも。それがどれだけいやだったか、わかる？」

　ナイフを両手で握って、私に向けながら、英理子はゆっくりと近づいてくる。

「私があなたの影に苦しめられて、あげくに夫が失踪し、悲しみのどん底をさまよっていた時、あなたはここでやりたいことやって、おもしろおかしく生きてたのよね」

　迫ってくる。逃げたい。でも背中を見せたらやられる。一一〇番しようにも、携帯は英理子の後方のテーブルの上だ……刃の音が空間を裂いた。

　英理子の顔は蒼白く、夜叉の形相になっている。頭の後ろで束ねていた髪も、バラバラにほどけて……。無気味だ。

　右から左からナイフが襲う。何なの？　この状況。普通じゃありえない。怖い。というより、もう嫌だ。何でこんな目に遭うのよ。ああ、でも負けない。負けられない。私はトレーを盾にして、迫りくる刃をかわし続けた。

　逃げないと決めたんだ。あらゆることから。そして私にはこの世で全うすべき使命がまだ沢山残っている。だから、切られても刺されても、死ぬわけにはいかないのだ……。そう思った瞬間、腹の底から熱いものが湧き出したのだった。

ナイフを振り回す英理子の腕を両手で掴み、渾身の力をこめて押さえつけた。ナイフは床に転がった。

「離せ、離せ」

英理子は金属音の混じる叫び声を上げながら、左手で私の顔をめちゃくちゃにたたいた。

私は暴れる英理子を押さえながら、腕を伸ばし、インターホンの「緊急」ボタンを押した。


警備員に取り押さえられた英理子は、床にしゃがみこんで涙をこぼしている。

二十分後、飛びこんできたのは東田だった。

「英理子、お前は一体何をやってるんだ」

乱れに乱れ震える英理子に、東田は、激する感情を押し殺しながら、低い声で言った。

そして私に向かって、

「ご迷惑をおかけしました」

と、深々と頭を下げた。

「東田さん。失踪してらしたんですってね。一体どこにいらしたんですか。英理子さん、随分探し回られたらしいですよ」

東田は、眉間にシワを寄せた渋い表情をちょっと緩めて、はて？　と首をかしげた。

「何のことでしょう。私は失踪などしておりません。ただ」

「ただ?」

「昨年末に話し合って別居にふみ切りました。何度も話し合ってのことです」

すべては英理子の悲しい妄想だったのか。英理子にとって「別居」は、話し合いを何度重ねたとしても到底受け入れられない、不本意なことだったのだろう。それで精神のバランスを崩してしまったのだ。

床にペタリと座りこみ、泣き続けている英理子のうなじには、乱れた髪がべったりとはりついていた。私は目を逸らした。


温かい緑茶を淹れ、とっておきの黒糖羊羹を銘々皿に盛りつけて、二人の前に置いた。ソファに腰を下ろした東田は軽く会釈して、茶碗を手にした。相変わらず渋い顔のまま、黙っている。英理子はその横で、うつむいてまだ涙をぬぐっている。

「英理子さんもお茶どうぞ。このお羊羹、すごくおいしいのよ。食べてみて。甘いものは元気出てくるから」

英理子も茶碗を手にとった。

お茶をすする音とため息が交りあう、重い沈黙の時が流れた。

英理子が顔を上げ、沈黙を破ってぽつぽつと話し始めたのだった。

「私、子どもの頃から学校の勉強がわからないってことが理解できませんでした。『全然わかんない』なんて悩んでいるクラスメートを、はっきりいって、バカにしてました。授業さえまじめに聞いてればわかるはずでしょ、って。当然、成績は常に学年トップでした。

私の希望は何でもすんなりと叶えられました。

学校中の男の子たちが、私のことをアイドルのようにもてはやし、親衛隊を作って私を守って優しくしてくれました。下校途中のバスの中でプレゼントをもらったり、交際を申しこまれたことも何度もあります。

母は常に私の味方で、励まし、背を押してくれる心強い存在でした。やりたいと思ったことは何でもやらせてもらえました。だから私にはできないことも、やれないことも一切ありませんでした。もう、自信しかありませんでした」

今の状況は気の毒だが、何と恵まれた人なのだろう、「自信しかない」なんて。何といっても、お母さんに励ましてもらえて背を押し続けてもらえた、なんて。私などとは全く対象的な人生を送ってきた人なのだ、英理子という人は。

「でも、この人は違いました。先輩に紹介された瞬間に、私はこの人を好きになりました。でもこの人は、私に興味を示さず、誘ってもくれませんでした。先輩に私の気持ちを伝えてもらって、我が家に招いて家族でもてなしても、顔では笑っていながら、この人は『いやだ』と言い続けたんです。

私、振られたことなんて一度もなかったから、気持ちの持っていき方がわかりませんでした。でもとにかく悔しかったし、悲しかった。なぜなの、なんでだめなの？　私にはできないはずないじゃない、なんでなの？　って。毎日泣き続けました。

そんな私を見かねて、母がこの人のことを調べたんです。興信所を使って。で、交際しているらしい女性がいることをつきとめた母は、この人を脅したんです。英理子ではない他の女と結婚しようものなら、その女の人生を壊すってね。この人とその女を、生涯闇の組織に見張らせるって。そして、式の日取りを勝手に決めてしまったんです」……そういうことだったのか。私を守るために。東田は。

「何度か、君に伝えようとしたけど、ね」

私が、その度にその場から逃げ出したのだ。すべて私の早合点だ。私は唇をかんだ。何より許せないのは、彼を信じ切れなかった自分のかたくなさと、卑屈さ。ああ、あの時。

私は両掌で顔を覆い、ごめんなさい、とつぶやいた。私たちの人生が大きく変わったあの夜に戻ることはできない。聞こうともせずその手を振り切ってかけ出したあの夜には。

……私は頭を下げた。

「いい店だな、ここ。がんばってきたんだね」

東田がぽつりと言った。頭を上げると、彼のまなざしがあった。それは柔らかだった。

二人で語り合った遥か彼方の日々のことを思い出して、涙ぐみそうになった。

「これでよかったんだよ」

彼は言った。それは、私にも、彼自身にも向けられた言葉のように思えた。かつて愛した人がこの人でよかったと、心から思った。

そんな私たちのやりとりを聞いていた英理子が、突然、熱（いき）り立った。

「あなたたち、このまま一緒になっちゃえば？」

そこには怒りと揶揄が混じっていた。

私は驚いて英理子を見た。東田は、うんざりした表情を隠すことなく頭を振っている。

英理子は、そんな私たちにおかまいなく、叫ぶように喋った。

「私だってがんばってきたわ。私って家事、全然だめな人でしょ？　だから家のことはほとんどこの人がやってくれたの。だから私、本当に、仕事がんばってこれたの。あなたになんて負けてないからね」

チラリと見た東田は眉を寄せ、渋い顔をしている。私と目が合うと、力なくうなずいた。

「そしてね、あなたにできなくて、私にはできたこと、何かわかる？——この人の子を私、産んだの。あなたじゃなくて、私が」

「ちょっと待て」

英理子の言葉が終わらないうちに東田がそれを遮った。何？　と、怪訝な表情を浮かべる英理子を諭すように、東田は言った。

「俺たちに子どもはいないだろ？」

「いない？　いるじゃない、あの子。ほら、あの子。あの……。そんな。うそよ。うそうそうそ」

英理子はこめかみを押さえながら、うそ、と繰り返した。そして一瞬、「あっ」という表情になり、ワッと泣き崩れた。

東田は英理子の肩にそっと手を置いた。心から子どもを望みながらも、それは叶えられなかったのだそうだ。英理子の哀しみと苦しみを思うと、胸がつまった。

「俺はこの結婚から逃げ出したんだ……お義母さんが亡くなって三年が過ぎた時に。これも一種の失踪だな」

自嘲ぎみに東田はつぶやいた。

苦しんだのだ、みんな。心が壊れてしまうほどに。すべてを捨て去って逃げ出したくなるほどに。

でも、英理子さんの心は、東田さん、あなたでないと癒せない。これ程切実に、あなたを求めている女性から、どうか逃げないで。

ひとしきり泣いた後、英理子は絞り出すような声で言った。

「若いうちにいっぱい挫折しておけばよかった」

「これからですよ。英理子さん」

私は言った。きちんと治療し、心も体も整えてほしい。そしてまたいつかあなたのエステをさせて下さい。

東田に支えられるようにして、英理子は帰っていった。二人の後ろ姿を見送りながら、二人が前向きに生きてくれることを、心から祈った。

挫折や報われぬ思いは、そんなに悪いものではないんじゃないかと思う。原石が、いっぱい傷をつけてこそ宝石として輝き始めるように。人こそ。その人生こそ。

私たちの前に現れる現実は、時に厳しく残酷だ。ひょいと思いがけぬ事が起こったりもする。しかし、人は歩き続けなければならない。せっかく歩き続けるのだから、新たな何かを探しながら、歩を進めたい。吸えるだけの息を吸って。吐けるだけの息を吐いて。そして星を見上げながら。


「降った、降った」

「雷、ヤバかったね」

雨の中、上着を濡らして、夫と息子が帰宅した。

「エレベーターホールで偶然父さんと会ったんだ」

「さっきよりだいぶ小降りになったな。これから外に飯、食いに行こうか？」

「いいね。俺、焼き肉か、寿司」

「おいおい、俺の懐具合、わかるか？」

「大丈夫大丈夫。だって父さんだもん」

いつも通りの平和な会話。私は微笑んで、いつものように彼らを見上げる。

# 帰り途

## I

## 鬱金（うこん）

夕方。人気(ひとけ)の消えた庭に一人、佇んでいた。

夕焼けも、花も、木も、そのままなのに。

誰も、いない。

足元に這い寄る夕闇み。私は叫びながら、こめかみを押さえ、うずくまった。


「んあ？　何だ？」

夫は、欠伸混じりに乾ききった声を絞り出した。

「ごめん起こしちゃって。ものすごく寂しい夢見た」

午前二時を少し過ぎていた。自分の叫ぶ声で目が覚めたのだった。よかった。夢だった。

「夜中に起こさんでくれ。俺は君のように昼間寝てられる奴とは違うんだからな」

眠りを邪魔されて不機嫌なのはわかるけど、そんなこと、よく躊躇なく言えるな、夫よ。

夫は「あーあ」と大袈裟にため息をつき、布団を頭の方までかぶった。

今日は実家に行く日だ。母の介護と家事の全般をこなすため、昼寝している暇などない。

午前十時までに家事を済ませる。長年の主婦生活で培った段取り力で、速攻。そして車をとばす。片道二十キロの道のりだ。

途中のコンビニで電気代とガス代の支払いをして、次に、ディスカウントドラッグで母に頼まれた尿とりパットを買う。その後、道の駅に立ち寄って、仏壇に手向ける花と、お供えの団子を買う。そうだ。母の好きな「とじこ豆」と、父の好物の「いきなり団子」も買おう。

よし、この間買った大好きなピアニストのソロアルバムを聴きながら走ろう。楽しみだ。

頭が冴えてしまった。夫の言葉についイラッとして、芋づる式にいろいろと考えたから。

眠れなければ、目を覚ましたままで朝を迎えよう。昼に寝ているると思われているのだから堂々と昼寝してやろうか……。

カーテンの隙間から漏れ入ってくる月の光のせいで、天井はほの白く見える。

近づいてきた救急車の最大になったサイレンの音が次第に変形し遠ざかった。こんな時間に救急車を呼んだ家の人の心の内を想像すると胸が痛む。

故郷の両親は、恙なく眠っただろうか。

いろんなことを、とろとろと考えていたら、いつのまにかどこか深い所に沈みこんでいった。

コチコチと時を刻む音。夫の寝息。その規則的なリズムに包まれながら。


季節は、年齢を重ねるごとに早く巡り来る気がする。今年も春がやってきた。しかし昨年から猛威をふるい続ける新型コロナウイルスのせいで「我慢」の春である。

それでも太陽は、いつもの春と少しも変わらず、美しい一日を惜しむかのように、西の空を茜色に染める。そして沈み果てた後も、山の端に鬱金の輝きを留め、辺りに白々とした余韻を残している。

「気をつけて」


「またね」

「ありがとな。気つけて帰れよ」

「お父さんもお母さんも転ばないでよ」

「あなたもね。夕暮れ時は魔の時刻って昔っからいうからね。気をつけて」

「わかった。ありがと」

いつものように心地よい疲労感に包まれながら、両親とのしばしの別れを惜しんだ。

今年八十八歳になった母は、長年骨粗鬆症を患っており、五年前に右大腿骨頸部を骨折したことから始まって、胸椎や腰椎を次々と圧迫骨折した。更に一昨年には、今度は左大腿骨頸部を骨折してしまったのだった。

歩く速度の速い、気丈で働き者だった母が、今や苦労してやっと椅子から立ち上がり、家の中をシルバーカーで歩くのがやっと、という状態になった。当然、家事をやるのは難しい。気持ちはあっても、体がいうことを聞かないのだ。母の苛立ちや悲しみが募っていくのがわかり、心が痛かった。

そんな母を支えているのが、八十四歳の父である。長年野球で鍛えたその体は強く、かつ愛情深い。献身的に母の世話をし、家事を引き受けてきた。しかし、寄る年波には勝てず、精神的にも肉体的にも、次第に追いつめられていったのだった。

年老いた親に、老々介護をさせてしまっていることが私の心を苦しめていた。なので時間の許す限り実家を訪れることにしている。

この生活が始まってかれこれ六年になる。最近母は、またよくケガをするようになった。だから、二週間から一ヶ月間ほど実家に泊まりこむということも増えた。母と、そして父を助けるため、介護と家事をこの手に担うのだ。

母のトイレ介助や着替え、家の掃除、修繕、整とん。食事の仕度。それから「両親双方の話をじっくりと聞いて、それぞれの味方になる」という大切な任務もある。

ところが、二日前、

「感染者の多発する熊本市から郡部に出ないように。また市外の方は、なるべく熊本市に来ないで下さい」

と、熊本市長がテレビで訴えた。

「大切な人を守るために、会いに行かない」

それは、今日の時勢に合った、大切なコンセプトである。

隣に住んでいたならば。せめて同じ街に実家があったならば。マスクの下で唇をかむ。

さあ、これから家までたっぷり一時間はかかるだろう。ああ、そうだ。大好きなピアニストの最新アルバム聴きながら帰ろう。長時間だからたっぷり聴ける、と心を立て直した。

夕方の国道三八七号線は上下線とも交通量が多い。テレワークをする人が増え、車の量が幾分減ったとはいえ、実家から自宅までの間に六箇所ほどのラッシュポイントが存在する。通常ならば約四十分で到着するはずのところ、夕方のこの時間は、ゆうに一時間以上かかってしまう。いつものこのラッシュが、疲れた私の体から更に体力と気力を奪っていく。

子どもたちが幼かった頃からの習慣で、どこへ外出したとしても、子どもたちよりも早く帰宅して「お帰り」と迎えたいと、未だに心のどこかで思っている。だから夕方はいつも何かに追われているような気忙しさを覚え、落ち着かなくなるのだ。

テールランプが、ひときわ赤く見え始めた。今宵もご多分に漏れず、十分程走ったところでストップアンドゴーを繰り返し始めた。

車は十メートルくらい進んでまた止まった。両こめかみを押さえ、目を閉じた。そのまぐるぐると目玉を回す。ああ、疲れた。今夜は早目に布団に入ろう。そう思いながら、目を更にきつく閉じた。その時、グイとどこか深い所へ引きこまれるような感覚に襲われたのだった。それは眠りに入る瞬間のような心地良さだった。気持ちをしっかり持たないと本当に眠ってしまう。だめだ。眠っては……。

流れていたショパンのプレリュードがふっと途切れた。

目を開けると、私はなぜか自宅の玄関前に立っていた。

どこをどう通って帰ってきたのか、一切の記憶がない。目を閉じたあの辺りは、自宅から一番遠いラッシュポイントだった。あそこからここまで、ラッシュポイントは残り五箇所。この夕刻の混みようでは確実に一時間はかかったはずなのに。……居眠り運転してしまったのか。怖い怖い。それとも夢の中だろうか。手の甲をつねってみたら痛かった。

玄関ドアに鍵を差しこみ、右へ回した。しかし、カツンという解錠の音も手応えもなかった。背筋を冷たいものが走る。

一日中開けっ放しだったのだ。ならばとにかく室内に誰かが潜んでいないか確かめないと。ちょっと怖いけれど、室内全室、クローゼット、浴室もトイレも。とにかく、家に入ろう。そう、携帯をしっかり持って。

私は自分を鼓舞するように勢いよくドアを開けた。

自動点灯の玄関の照明が点き、その瞬間、嗅いだことのないいい香りがした。同時に、玄関わきの部屋から、ヌッと女が顔を出したのだった。私と女の目がバチと合った。

「驚かせてしまってすみません。あの、エステのご用命でしょうか?」

私を追って玄関から飛び出してきた女が叫んだ。その声も震えている。

……心臓が爆発しそうだ。体中の毛という毛が逆立ったような気がする。……私は自分でも驚くような悲鳴を上げて逃げだしたのだった。こめかみのところで脈が強く打ち、だんだんと頭が痛くなってきた。

両手でこめかみを押さえながら、恐る恐るもう一度部屋番号を確かめた。

『一三－A』

まちがいない。ここはマンションの最上階。私の家だ。眼下には見慣れた夕方の街が広がっている。

未だ混み合っている東バイパス。連なったヘッドライトが金の鎖のようだ。オレンジ色の光が幾筋も規則正しく走る住宅街。星のように煌いている彼方のマンション群。救急車のサイレン。信号機の点滅。家路を急ぐ人々。

「ここは、私がやっておりますエステルームです。よかったらお入りになりませんか」

家から出てきた女が、背後でそう言った。

エステルーム、ですって？

促されるままに入ったのは、玄関を入ってすぐ右側の部屋だった。

「看板は出していませんけど、エステをやっています。楽しみでやってるような店です。どうぞ気楽になさって下さい」

案内されたテーブルに着いても、動悸は治まりそうになかった。私は息をのんで部屋を見回した。

柔らかな光を放つ小ぶりのシャンデリア。猫脚のドレッサー。そして座り心地のいいこのソファとテーブル。白の壁紙に茶色の家具で統一された室内は、清潔感にあふれていた。

また、背の高い観用植物をパーテーションとして使っているらしい。その向こう側は暗かったけど、エステのためのベッドが置かれているのがわかった。

玄関から入ってすぐ右側のこの部屋は、今年大学四年生になった息子が使っている部屋だ。北側だから日当たりはよくないが、出窓があり、何といっても十二畳の広さがある。教科書やノートが堆く積まれた机には、他にパソコン、電子辞書等が所狭しと置かれている。そして無造作に掛布団が畳まれたベッド。本棚。黒と銀色とほこりと紙、そう、ここはそんな男臭い息子の部屋。私の家のはずなのだ。しかし――。私はうつむいて、ひとつため息をついた。

私の前に、鮮やかな色のふたのついた茶器がそっと置かれた。

「お茶をどうぞ。黒糖羊羹もいかがですか」

女性は微笑みながらそう言って、羊羹の皿をテーブルに置き、名刺を差し出した。

『エステティシャン・高遠友梨子』

名刺には、そう記されていた。友梨子は、真向かいに腰を下ろした。

「東田由理子と申します」私はそう言って頭を下げた。その時、一瞬だったけれど、友梨子が小さく息をのんだように感じた。

ここ最近の習慣で、人と向かい合って座るということにとても抵抗がある。しかし、友梨子は、何も気にしている様子はなかった。

「東田さん、とおっしゃるんですね。珍しい姓ですね」

「ええ。そう言われます。主人の実家は遠方なもので」

「お風邪、ですか?」

マスクのまま話す私に、友梨子はたずねた。

「いいえ。予防です」

決まってるじゃないの。私はお茶をのみ干した。そんなことより、今は。

「ここ、なんですけどね。ここは私の家のはずなんです。ですが、ここはエステサロンそのものですし、私の家だった形跡も全くありません。ならば、私の帰るはずだった家って、一体どこにいってしまったのかしらって」

私は、今日の出来事——実家からの帰り道、目を固く閉じて開けたら、いつのまにかこの家のドアの前にいたこと——を話した。おかしなことを言っているのはわかっている。こうして話している今でさえ、夢の中なのではないかと思っているのだ。匂いと色つきの鮮明な、夢。

「近くのレストランに行きませんか?」

じっと私の話を聞いていた友梨子は、静かにそう言った。その声は、私の不安と躊躇を包みこむように、柔らかく響いた。

友梨子が家族のために夕食を整え終わるのを待って、私たちは友梨子の愛車、アウディに乗りこみ街に出た。

　時刻は午後八時になろうとしていた。

　アウディは軽やかに街を走り抜けていく。東バイパスから一本住宅街に入った道なので、この時間の車の往来や人通りはまばらだが、明るい街灯の灯る、片側二車線の通りである。コインランドリー、小児科医院。シフォンケーキの店。スーパーマーケット。信号停止した交差点の筋向かいは、言わずと知れた小学校だ。見慣れたいつもの街。しかしなぜ私の家はないのだろう。ならば、夫は？　子どもたちは？　……消えた？　……。訳のわからない不安に、また押し潰されそうになる。

「さ、着きましたよ」

　アウディは駐車場に入っていった。


　ビルの外側に設けられた緩やかな木のスロープを、ゆっくりと歩いた。こんなビルは見るのも、まして入るのも初めてだ。

　上空から見ると三日月の形をしているというこのビルには、レストランやカフェバー、そしてスウィーツや輸入雑貨の店が入っているらしい。

　席からは、公園を見おろすことができた。公園全体がライトアップされていて、散歩コースでウォーキングを楽しむ人々の姿が見えた。

友梨子がおいしいと勧めてくれたミニオムライスセットを注文した。

向かい側に座る友梨子は、相変わらず何の屈託もなく微笑んでいる。私はといえば、夜に、レストランで人と向かい合っていることにとまどいを覚えていた。透明のパーテーションも何もないのだから。

数分後、セットメニューの「プチトマトとモッツァレラのサラダ」と「きのこスープカプチーノ仕立て」が運ばれてきた。

柔和な表情で手際よく料理を並べるウエイトレスは、てきぱきとして感じがよかった。

「見かけよりカロリー低いんですよ」

そう言うと、友梨子はフォークを動かし始めた。トマトを口に含み、酸っぱそうに顔を縮めながら、

「この店は午前〇時までだから、四時間くらい借りてるのかな、あの借りロボちゃん」

と、言った。

借り、ロボ？　聞き慣れない言葉だ。

「サポートロボットですよ、あの娘」

ロボット？　あの娘が？　……私は、キビキビと働くウエイトレスの後ろ姿を目で追った。

「熊本市では企業に向けて、ロボットを貸してくれる制度があるんです。登録料を払えば、一日に二体まで、それぞれ四時間までって規制はあるけど、一時間千円で利用できるんで

すよ。月極めもぼちぼち始まってます。そっちの方がずっとお得みたいですね」

初めて聞く話だ。市の広報誌にそういうの載っていたっけ？　しかし、ロボットが人間と変らない姿で働くなんて、まるでマンガかＳＦ映画と同じではないか。

ドアチャイムの音とともにまた客が入ってきた。

「いらっしゃいませ。お二人さまですね。こちらへどうぞ」

「彼女」は楚々としてにこやかに出迎えるのだった。席へと客を案内するその姿には、ぎこちなさはない。喋り方もスムーズだし、その顔にはいわゆるマリオネット線も見当たらない。人間かロボットか、私には見分けがつかなかった。

「福祉の方でもロボットの導入が進んできています。介護施設では、利用者の人数によって借りられるロボットの数が決まっているそうです。介護士をやってらっしゃるお客さまから聞いたんですけどね」

更に、

「もうすぐ個人でもロボットを利用できるようになるみたいです。介護ロボット、見守りロボット、家事お手伝いロボット。介護と家事の複合型も設計されてるようなんですよ。他人に私生活を見られることを懸念して、ヘルパーさんの訪問を躊躇している方も、ロボットなら何の気兼ねもなくて、いいかもしれませんね。ロボットの目を通して、緊急の場合は、病院や警察消防へ、情報が送られるようにプログラミングが進んでいるらしいですよ」

友梨子はひと口水を飲んで、紙ナプキンで口元を押さえた。

私は話に引き込まれていた。そんな高度な技術が進んでいるなんて。そんな風にロボットが導入されれば、介護する家族や遠くに住む老親を心配する人々にとって、どれ程心強いことか。いい。すごくいい。……心のどこかでずっと欲しがっていた「夢」の技術がそこに在った。

「夢」……。自分の思いに、はっとして周りを見回した。

店は賑わっていた。ビールを飲みながら大判のピザを分け合う若い男たち。学生のようだ。会社の同僚らしき三人の女性たち。笑い合ったり、しんみりと喋ったり。時々、「課長が」「主任も」といった言葉がもれ聞こえてくる。一人でパスタを黙々と食べている男性。コーヒーの載ったテーブルに目を落として何やらしんみりと話し合う男と女……。久しぶりに見る景色だった。コロナの前には当たり前だったその光景と自分の置かれた現状とのあまりの違いに愕然とした――違う。ここは違う。

コロナが猛威をふるっているこのご時勢、緊急事態宣言も出されている最中に、こんなに多くの人が集まって平和そのものに飲食していることも、エステサロンに変わっていたわが家も。街も、店も。何もかも。

今いるここは、恐らく文明の進んだ遠い未来。目の前にいるこの友梨子は、曾孫か、もっと後の時代の人なのかも知れない。認めたくないけれど、認めざるを得ない。私は飛びこえていたのだ。時空を。

たに違いない。
科学技術の進んだこの未来世界は、恐らく医療も相当に進んでいることだろう。この進歩はすべて、私の生きている時代のウイルスとの戦いに勝利したことによってもたらされたに違いない。

ワクワクするような、怖いような、発狂しそうな、とんでもなく落ち着かない気持ちだ。心臓は、体全体を揺らすほどの勢いで打ち続けている。

胸に手を当て、たずねた。緊急の極地。

「今、西暦何年？　何月？」

すると友梨子は、とまどいがちに答えた。

「二〇二〇年、四月、です」

二〇二〇年、四月……！

一瞬、空間が歪んで見えた。

ならば。

「コロナは？　緊急事態宣言発出のまっ只中ですよね、今」

友梨子は訝しげに眉をひそめ、

「何もないですよ。コロナ？　一体何ですか？　車の名前？　緊急事態宣言って何？　ものものしいですね」

と、目を伏せた。

未来ではない？　だとしたら、ここは……。

「ほら。スープ飲んでみて下さい。落ち着きますから」

友梨子は私の気持ちをほぐすように言った。私がよほど険しい表情をしていたのだろう。スープをひとさじ飲むと、体がほわっと温かくなった。細胞という細胞に、じわじわと浸みこんでいく感じだ。こういう感覚は初めて味わった。思わず、じんとする掌をみつめた。丹田の辺りが温かくなってきて、気持ちが、ぐっと落ち着いてきたのだった。

「よかった。顔色がよくなりましたね」

友梨子は微笑んだ。そして、テーブルに視線を落としたまま、ゆっくりと言葉を探すように話し始めた。

「東田さん。ちょっと失礼な言い方をしますけど、怒らないで聞いて下さいね。

私、あなたのこと、変な人だなって思いました。私の家を、ご自分の家だと言い張られるし、何もご存知ないし。ちょっと危ないかもって。

それに今も、二〇二〇年四月って聞いたとたん、顔色を変えて『コロナ』とか『緊急事態』とか、ね。もう、わけがわかりません。まるで違う国か、もっと言えば、違う星から来た人みたいだなって、思ってしまいました」

違う星……。そう。それで合点がいく。怖いけれど。

ここは恐らく私が唯一と思い込んでいた世界と平行して存在し、全く異なる流れを持つもうひとつの世界。私が飛びこえていたのは「時間」ではなく、二つの世界の間に厳然として存在する「境界」だったのだ。

「ごめんなさいね、驚かせて」

私がそう言うと、友梨子はゆっくりと首を横に振った。

「私の世界ではね」

私は正直に話そうと思った。

「私の世界では、『新型コロナ』っていうウイルスが蔓延してて、世界中がたいへんなことになってきてるの。一日に何十人も多い時は何百人も感染者が確認されてね。だから皆マスクしてるの。人と人が密着してはいけない。密集してもいけない。密閉された空間も避けなければならない。そんな世界なのよ」

友梨子は、身じろぎもせず、私の話に聞き入っていた。そして、

「そんな、不思議なことって……」

と何度もつぶやいた。

本当に、不思議だ。私はなぜここへ来たのだろう。誰が、何のために、私を。

「ユリコ」という名前が気になり始めた。私も「ユリコ」。ならば。

「高遠さん、旧姓は何とおっしゃるの？」

「『中山』です」

私は息をのみ、両親の名前をたずねた。

「父は中山英次（なかやまえいじ）。母は美津子（みつこ）、です」

友梨子が母の名前を言ったと同時に、私は「美都子（みつこ）」とつぶやいた。

「私も旧姓『中山由理子』です。父は英二。母は美都子。私は一人っ子です。二十五歳の娘と二十一歳の息子がいます」

私が言うと、友梨子は、

「私には二歳年上の兄がいます。夫の高遠は『高遠宝飾』という会社を経営しています。出身は県北です」

旧姓、両親の名前、出身地。違っているのは、夫の名前と、この世界に兄という人が存在するということだ。どうやらこの友梨子という人は、この似て非なる世界で、「私」のポジションにいる人らしい。

友梨子は、まだ信じられないといった顔で私をじっとみつめている。

既に運ばれてきていたオムライスは、お互い手つかずのままだった。私たちは冷めかけたそれにデミグラスソースをすくいかけ、どちらからともなく、いただきましょうか、とつぶやいた。

「私はエステの仕事がしたくて、衝動的に、というか、半ば発作的に、勤めていた会社を辞めて美容学校に入りました。それまでの人生で初めてといっていい位、猛烈に勉強しました。

今住んでるあのマンションは、定年退職された元上司が、田舎暮らしを始めるからといわれて、安く貸して下さったんです。住み始めてすぐエステルームを始めました。もう二十年以上になります。三十代半ばでのスタートでしたけど、知り合いや友人たちや、近所の方たちのおかげで軌道に乗り、これまでやってきたんですよ。

夫はその元上司の甥で、元上司の紹介で知り合って結婚しました。高三の息子が一人います」

「そうだったの」

お互いの緊張が少しずつ解けていくのがわかった。生きてきた足跡を聞けたことで、今やっと顔がはっきり見えるようになった気がする。

「ご両親はお元気なの？」

私は、たずねた。

「ええ。少しずつ弱ってるみたいだけど、二人共気が若くて、出好きで。未だに父の運転で二人で阿蘇までドライブしてるのよ。何せ八十八と八十四でしょ。危ないからやめときなさいっていつも言うんだけど」

「二人で阿蘇まで？　お元気ね。阿蘇はお母さんの故郷、でしょ？　思い出深いのよね、きっと」

友梨子は、顔いっぱいの笑顔でうなずいた。

「兄夫婦が実家を二世帯住宅に建て直したの。お義姉さんは元保育士で、気配りのできる人よ。料理も上手いから、両親の方の夕食も作ってくれてるみたい。おそうじしてくれたり、一緒に食事したりね。あれこれ世話を焼いてもらってるわ。兄は医者だから、何があってもすぐに対応してくれると思うからかな、私甘えちゃってる。日曜には帰ることにしてるんだけどね」

この世界の両親は、二世帯住宅で傍に暮らす兄夫婦が、しっかりと見守っているのだ。だから母の大腿骨骨折や圧迫骨折などは起こらなかったに違いない。

私は一人っ子なのにも拘わらず他家に嫁ぎ、「スープの冷めない距離に住みたい」などと勝手なことを言って、実際にはスープなどすっかり冷め切ってしまうような遠くの街に住み、夫婦と子どもたちだけの、自由な暮らしを随分長いこと謳歌したのだった。

今住んでいるマンションを購入したあの当時の私は、両親に老いが忍び寄り、介護や支援が必要になる日が来るということにも、それに比例して自分も年を重ねて体が動きにくくなるということにも、考えが及ばなかった。「その時」が目の前に迫って初めて、自分たちの甘さと身勝手さに気がついた。また、「父祖伝来の地」というものの守り方や、将来においてそれをどうしていくのが一番いいのか、現実のこととして考え始めたのも、五十路を越えてからだ。切羽詰まらなければ、そういう大事なことにも考えが及ばなかった自分を、今更ながら恥ずかしく思う。

「最近体が辛くなってきちゃって。母が介護が必要になってきたのに、実家から離れてるものだから、毎日となるとなかなか行けなくて、父に老々介護させてるような始末なの。父も辛がってるから、心が痛くてね。だから時々思うの。頼り合えて大変さを分かち合える兄弟姉妹がいたらなあって。どこにも、誰にも、こんな思い、言えやしない。言ってもむなしいだけだもの。

　この間、帰宅途中、走る車の中で叫んじゃった。『頼れるのは自分しかいない』『私は誰よりも強いから大丈夫だもん』ってね」

　じっと身じろぎもせず私の話を聞いていた友梨子は、

「体も心も相当疲れてるね」

と、静かに言った。そして、

「耳が痛いわ。私、両親のこと兄夫婦に頼りっ放しで」

　ごめんね、とつぶやいた。


　私は、あと三分の一ほどになったオムライスを、フォークでつついた。

「私、実は子育てを楽しんだっていう記憶がないの。熱を出しはしないか、お腹をこわしはしないか、暑くないか、寒くないかって、もう、常に気を張って目配りしてね。あげくには、疲れ果てちゃって。全部放り出して身軽に動き回れる人のことが、とてもうらやましく思えたの。

　その子育てが一段落したと思ったら、今度は親の介護が始まったのよ。一人っ子だからすべて私の肩に負うことになったのね。話し合ったり、頼り合ったりできる兄弟がいたらよかったのに、って、しょうもないことを思ってるのよ」

　初めて会った、この友梨子という人に、いつのまにか心の中を吐露している自分がいる……。

子育ても、懸命にやってきた。主婦としても、家族が不自由しないようにと心を砕き、持てる力のすべてをこめている。

実家の家事をやることも、母の介護も、両親への恩返しのつもりで心をこめてきた。そのすべてに嘘はない。しかし、心のどこかでは、自分の思うままに生きたいと、渇望していたのだ。自由でありたいと。そして誰かに頼ってみたいと。

こんなことは口に出してはいけない。そう思いこんでいた。決して現わすことのできないものとして、心の奥底にある暗渠に沈めこまれていたものが、今、その姿を現わしたのだ。

「大切な両親だし、大事な子どもなのにね」

口に出した自分の言葉に慄き、絞り出すように言った。

「誰かをずっと、絶えず温め続けることや、誰かの気持ちを汲み取って動くってこと、尊いことだと思うけど、同時に、ものすごくしんどいことだと思う」

友梨子はそう言った。その瞬間、私の中心を縛っていたものが、少し緩んだ気がした。

「そこにこめる思いが強ければ強いほど、心身の疲れ、半端ないと思うわ。自分の軸でいいと思う。なかなか難かしいと思うけど。辛い時は少し休んでいいんじゃない？　誰もあなたを責めたりしないと思う」

友梨子はそう言って、シュンと鼻を鳴らした。

私は、目を閉じ、ありがとうとつぶやいた。そして思った。自分を縛りつけていたのは、自分自身だったのかも知れない、と。


食後のコーヒーが来た。

私はミルクを注ぎ入れ、スプーンで軽くかき混ぜた。

ソーサーにカップをそっと戻しながら、友梨子はためらいがちに切り出した。

「東田さん、ご主人はもしかして、タカシさんとおっしゃるのでは？」

「ええ、そうよ」

私がうなずくと、友梨子は、やっぱり、とつぶやいた。

「どうして夫の名前を？」

「実は私、ヒガシダタカシという人と交際してたの。昔。もちろん、こっちの世界でのことだけどね」

と、言ったのだった。

よほど縁があるのだろう。異世界での話だし、今更どうこういう気持ちは微塵もない。けれど胸のどこかが、微かにチクリとした。

「職場が一緒だったの。彼とは趣味が合って、何かと気も合ってた。一緒にいるだけですごく楽しかったし、幸せだったわ。結婚できればいいなあって、いつしか思うようになっていったの」

世界が違っても、あの人はやっぱり同じような感じだったのだろう。おもしろくて、気さくで、溌剌としていて……。私は出逢った頃の夫の姿を思い浮かべた。ならば。

「なぜ別れたの？」

「彼は別の人と結婚してしまったのよ」

……。別の、女？　何故？　……ジンジンとした思いが広がっていく。

「大切な話があるからって、前の晩電話があってね、ワクワク、ドキドキで行ったのよ。いよいよプロポーズされるのかもって。そしたら、『明日結婚するから』って言われた」

鼓動がひとつ強く打った気がした。

「相手の女性は、アナウンサーで、美人で有能な人だった。美男美女でお似合いで、周りは大盛り上がりよ。祝福の嵐だった。私は……。長い間、立ち直れなかった」

ギリギリと音がしそうな位胸が痛み、鼻の奥が痛くなってきた。幸せを夢見ていた女性に対して何という仕打ちだろう。私はハンカチで口元を押さえた。

「でも、実は彼、追いこまれて、私を守るためにその人との結婚を承諾したということがわかったの。その真実を知ったのは昨年の梅雨の頃。二十年以上たってからのことよ」

友梨子は遠い目をして、ちょっと微笑んだ。

二十年前の真実か。ドラマのような展開だ。世界が違うとこうも違うのか。二十七年連れ添ってきた私の夫、東田敬史（たかし）は、隠し事のできる人ではない。面倒臭いこと、更には後ろ暗いことの大嫌いな男だ。

そして、考えても仕方のないことなのに、こちらの世界で、恐らく私と友梨子のように、夫と同じポジションにいるらしい人が、「美人」と結婚したということに対してイラついてきてしまった。

「美人アナウンサーって誰？」

「大石英理子っていう人」

「オオイシ、エリコ？　って大石恵利子？　私の世界のその人はピアニストよ。熊本在住の。ショパンを極めてて、もう抜群に上手いし、美人でスタイルもいいのよ。コンサートにも何度か行ったわ。ピアノだけじゃなくて、トークも楽しいの。だから大ファンになっちゃって、ＣＤも全部持ってる」

つい興奮してしまった。

こちらの世界では、あの大石恵利子はアナウンサーとして活躍し、こちらの東田と結婚している。……そんなことになっていたなんて。今日帰りの車の中で聴いた「英雄ポロネーズ」の華やかな旋律が蘇った。

「こちらの大石英理子さんは、アナウンサーとして、できる人なのよ。でも家事はからっきしダメで、家事の一斉を東田さんに頼りっ放しだったみたい。そんなこんなで、とうとう離婚しちゃったの」

こちらの世界の大石英理子と、東田と、そして友梨子と。それぞれの胸の内を思うと、せつなくてたまらなくなってきた。

「大丈夫大丈夫。色々あったけど、みんなそれぞれ立ち直ってるし。色々あったから今があるの。私は今、とても充実してて幸せよ。これでよかったのよ」

友梨子は、自分自身に言い聞かせるかのようにそう言って微笑った。そして、カップの底の方に残ったコーヒーを一息にのみ干した。


「あなたの世界はどうなの？　どうやって東田さんと知り合ったの？」

「東田と初めて会ったのは、パーティ会場だったわ」

「パーティ？　……って、婚活パーティ？」

「いえいえ。仕事上のパーティ」

脳裏に、夫と出逢ったあの夏の日のことが蘇り始めた。それは、三十年近く前のことなのに、つい最近のことのように鮮明に思い出されたのだった。


地元の商工会青年部が、地域の様々な会社に勤める人たち同士の交流を深めるために開催した、異業種懇談会でのことだった。

大手スーパーや銀行、市役所や県庁、一般企業の出先機関や支店、それに百年以上続く老舗の和菓子店や呉服店といった、地域に根ざした銘店の人々など、若手を中心に総勢二百人あまりが集まった。

大学を卒業して、地元新聞社の支局に勤務していた私は、取材を兼ねてその会に参加したのだった。

東田はそこへ、会社の若手代表という立場で参加していて、壇上で会社紹介を兼ねた、ちょっとした講演をした。たしか、「紫外線と近赤外線、その他、肌に対する有害物質」とかいう題だったと思う。調べてまとめ上げてきた原稿をオーバーヘッドに映し出して説明した。その声は、艶を感じさせる低音で、心地よく、ずっと聞いていたいと思った。最後に、

「この九月上旬に発売予定の美白美容液のサンプルを持って参りました。どうぞお持ち帰り下さい」

と言って頭を下げたのを、覚えている。

懇談会後のパーティは円卓で、東田と私は向かい合わせの席になった。目が合った途端、それは一瞬だったけど、周りの音が消えたような錯覚に陥った。

飲み物を取りに行った際、私は思い切って東田に声をかけた。今話しかけなければ、永遠に東田を失うような気がしたのだ。冷静に考えれば、会ったばかりの男を「失いたくない」と思うなんて、どうかしていたのかもしれない。

「講演、お疲れさまでした。勉強になりました」

ドキドキしながら、そう言った。

すると東田は、照れたように微笑った。そして、私のネームプレートを見て、

「新聞社の方だったんですね。ステージ上で緊張しまくって喋ってた時に、あなたがうな

づきながら聞いていらしたのが目に止まったんです。ああ、聞いてくれてる人がいるって思ったとたん、スッと落ち着きました。ありがとうございました」

その言葉に驚いてしまった。彼はとても流暢に、わかり易く説明し、いろいろな例を出して楽しく場を盛り上げ会場を沸かせていた。その様子はキラキラしていて、まるで人気アーティストのライブのようだった。そんなに緊張していたなんて、全然わからなかった。

「今日、ここへ来てよかったです。中山さんに会えましたから」

「私も、同じ気持ちです」

それから私たちは、一週間後に二人だけで会う約束をした。

「二年交際して、結婚したのよ」

「運命の出会いだったのね」

友梨子は、ピンク色になった頬を両掌で包みながら、うっとりとした表情で言った。

「今でも出逢った頃のまんま、仲良く？」

結婚して一年後、娘が生まれ、その四年後息子が生まれた。「子どもが小さいうちは家にいて、しっかりと子どもを育ててほしい」という夫の考えと、「家族を温めたい」という私の思いが合致して、出産を機に退職し、専業主婦として生きる道を選んだ。

料理や洗濯、掃除などの基本的な家事をはじめ、育児、看病、月一の社宅内清掃。年二回の町内清掃、そして小中学校のＰＴＡ役員。どれも大切でかつ骨の折れる仕事である。その他、一番煩瑣な「名もない家事」の諸々も加え、それらはすべて私の肩に委ねられた。

子どもたちが小さかった頃は、週末には毎週のようにお弁当を持って公園に行き、時には動物園にも連れていった。また、阿蘇の温泉に入り、郷土料理を食べて帰ってくるという、プチ贅沢を楽しんだ。子どもたちが成長していくにつれ、夫婦二人だけで遠出することも増えた。最近は感染症の蔓延で、足が遠のいてしまっているが。

「夫婦仲よしなのね。家庭円満。うん、よかった」

友梨子はそう言って微笑んだ。

悩み苦しんだ時期もある。それも、結構長い間。すべてはその苦悩の果てに「今」があるのだ。

順調に出世の道を歩み始めた夫は、年を追う毎に口数が減り始めた。それに伴って、夫の様子は、日に日におかしくなっていったのだった。

まず、日常の挨拶を一切しなくなった。私が何気なく口にした言葉に深く傷ついた表情を見せ、更に私や子どもたちが話しかけても「黙れ」と大声で怒鳴ったり、逆に無視を決めこんだり。ある時、私をクズよばわりしてののしる夫の顔が、鬼のように見えた。初めて、夫のことを怖いと思った。

夫を気遣ったつもりのことがすべて夫の気に染まず、夫はいよいよ不機嫌になり、貝になっていく。貝になったら最後、二ヶ月位はひと言も言葉を発しない。そういうことが幾度となく繰り返された。

私には何か人間として欠けている部分があるに違いない。子どもたちも、随分手がかからなくなってきているのに、私が専業主婦を続けていることが気に入らないのだろうか。ならば、と思い切ってパートに出てみたりもした。

とにかく家にいる時は、夫の機嫌を損ねないようにと、細心の注意を払いながら暮らしたのだった。仕事と子育てと家事と……。心も体も疲れ果てていった。そんなこんなで、パートも長続きしなかった。夫は苦悶する私を見て見ぬふりをしていたのだろう。全くの無視を決めこんでいた。孤独だった。頭をよぎり始めたのは「離婚」の二文字だった。

子どもたちを連れて実家へ戻ろう。そしてどこぞへ勤めに出よう。実家に身を寄せて、故郷で穏やかに暮らしたい。心の底からそう思った。

しかし。そうなれば、子どもたちに今と同じレベルの暮らしをさせることが難かしくなる。それどころか、経済面で私の負けは明らかだから、親権を奪われることになりはしないだろうか……。様々な思いが頭を過り、その度に戦いた。子どもたちと別れることを考えただけで涙が出た。

あと一日、がんばってみよう。次の日も、またその次の日も。自分にそう言い聞かせて哀しみと怒りと、少しばかりの狡さを自分の内に押さえこんだ。そして、その感情を、両親も含め他の人に決して気付かれないように、いつも薄い微笑みを浮かべて過ごした。すべては生きるためだった。

それは、爆弾のような暴言と抑圧に、じっと頭を垂れているしかないと思いこみ、生きる目標さえ見失おうとしていた、ある冬の夜のことだった。

小説を、書こう。唐突に、その思いは湧き上がった。

この人生は、私に様々な感情を教えてくれている。喜び、悲しみ、悔しさ。そしてかつてはたしかにこの手にあった、恋も愛も。今ならば、誰かの心に寄り添い、その冷え切った手を温めることができるかもしれない。寄り添い、その背を支えていけるような、そんな小説を。

その途端、それまで私の中に積もっていた澱がゆっくりと溶け、昇華していくように思えた。今にして思えば、それは、私が彼方をみつめ始めた瞬間だった。

それからというもの、心の凍りつくような言葉を投げつけられても平気になった。むしろそれは、珠玉を受け取っているのと同じだと気づいたからだ。

「今の言い方、嫌みが利いててすごく嫌だった。小説で使いたいから、もう一度言って。メモしたいから。お願い」

そんなことが自然に言えるようになった自分にも驚いた。

夫はそれ以降、徐々に歯に衣着せぬものの言い方をしなくなった。

夫のことを、少しずつだが理解できるようになってきたのは、最近のことだ。あくまで推察だけれど。

口数が少ないのは、決して怒っているわけではなく、考え事が多いせいである。特に朝。

夫の頭の中は、朝礼で話す内容のことや、訪問を予定している会社やアポイントのある人々の顔などでいっぱいになっている。そんな時に話しかけようものなら、たちまち鬼の形相で「黙っとれ」と一喝される。

夜。夫はただただ疲れ果てている。心身共に。外で作り笑いジワができる程、本当の感情を押し殺し笑っているのだ。だから家では寡黙で、無表情。家飲みをする夫がひたすら無口なのは、恐らく、心の底までシンと冷めるような静寂を求めているからだ。そして、その心の内にたまった悔しさやはがゆさなど、どこに持っていきようもない感情を炸裂させる相手として、私が適任だったというわけだろう。本当に迷惑な話だ。しかし、私も夫には借りがある。結婚してこの方、子どもたちと共に、そのスネをガッツリかじらせてもらっている。それは「借り」というより「恩」だと思うけれど。迷惑はお互いさま、ということで。

友梨子は、泣き笑いで時々深くうなずきながら、目尻をハンカチで押さえていた。

「あなた、大変だったわね。よく心折れなかったわね。本当、強い人だわ、由理子さん、あなたって」

友梨子はそう言うと、そっと私の左手を自分の両掌の中に包んだ。そして温めるようにゆっくりとマッサージを始めたのだった。

「色々あったけど、結婚したことに後悔はない。独身の頃よりはるかに精神的にタフになったと思うもの。独身の時とは別の私がここにいる、みたいな」

「そうか。打たれたというより、研がれ続けたのね、あなたは」

私たちは、うなずきあい、微笑い合った。

人生という長い旅路の果てに、思い出すのは、苦しいことに立ち向かった自分の姿かもしれない。人生の思い出は多い方が楽しい。たとえそれが、今は痛みにしか感じられないことばかりだったとしても。

「あなたに会えてよかった。いろんなことに気づかせてもらった気がする。不思議な巡り合いだけど」

私が言うと、友梨子は、私の方こそ、と言った。

「一生って、私たちが想像するよりもずっと『あっという間』かもしれないわ。だからより良く自分らしく生きたいと思う。巡り合うすべての人に、尊敬の気持ちを持って関わっていきたいと、いつも思ってるの。『人』が好きなのよね、私。究極のところ」

友梨子の言葉は、その手の温もりと相まって私を温め始めた。私は目を閉じ、ジンと伝わってくるものに身を委ねていた。

「夕暮れ時は、『逢魔が時』というからね」

聞き覚えのある声に驚き、目を開けた。

私は、実家の門の前の道に佇んでいた。

熟柿のような色をした太陽が、今まさに沈もうとしている。やがて黒いシルエットとなった山際は、鬱金に染まり始めた。

私は幽かな眩暈を感じて、温かな感触の残る左の掌をじっと見た。

## 帰り道

### Ⅱ

### 蒲（かば）

# 1

「夕方、一人で歩いていると人さらいに遭うよ」

昔から母にそう言われてきた。だから、幼い頃の怖いもののひとつに「夕暮れ時」があった。見えないものが見え、起こるはずのないことが起こりそうで。

まさに今、その「夕暮れ時」である。

たしかに私は、「友梨子」と会話をし、食事をして、心の内を吐露した。初めて自分の中の深い部分に潜ったような気がする。そして、いまだにかすかな温もりの残るこの左手。ある時点で、私は引き戻されたのだった。

この時間にこの国道を通るのは二度目だ。やはり渋滞している。

もう何日も家に帰っていないように思える。リビングに置いた緑色のソファに腰を下ろしたい。一分でも一秒でも早く帰りたい。何だかんだいっても、あそこは拠り所だったのだと、今更ながら思う。


あの時目を閉じたラッシュポイントで、また止まった。車の流れが滞っている。辺りにわずかに残っていた白い気配は、いつしか夕闇に溶けていた。

すぐ横を、けたたましくも一定のリズムを作り出しながら、電車が通り過ぎていく。踏切の警報機の点滅。車輪の軋む音。薄暗いプラットホームに、乗り降りする数人の人影。

バス停の案内板の白い光と、赤いテールランプが、極立って見える。そこには、いつもと何も変わらない黄昏の街があった。

今度は突然家の前に立ってなどいない……。私はひとつ安堵の息を吐いた。しかし、この分では今宵も家までゆうに一時間はかかるだろう。

実家で介護したり、家事をこなしたりしている時は何とも感じないが、距離と渋滞が私から気力と体力を奪うのだ。しかし、疲れた、など言ってはいられない。家では家の家事が私を待っているのだから。

夕暮れ時、ここを通って帰る度に考える。人が乗りこんで、どこへでも飛んでいけるドローンのようなものか、マンガに出てくるような、どこへでもすぐに行ける道具が欲しい。あまりに非現実的で、絶対に実現不可能だとわかってはいても、いつもいつでも、欲しいと渇望している。

## 2

北バイパスと東バイパスとが合流する交差点へと辿り着いた。

この交差点を過ぎ、東バイパスを更に一キロメートルほど南へ走ると、やがて私のマンションが見えてくる。

東バイパスは、規則正しく並ぶ街灯によって照らされ、昼間のように明るい。東の空には、妖しいほど赤い、大きな月が出ていた。やはりここも、身動きができない程混みあっている。

ようやく、マンションから一番近い交差点に来た。右折ゾーンに並ぶ。

矢印信号が青になり、前の車に追従して交差点に進入し、右折したその途端だった。

夜空は、鋭い光によって一瞬、Nの字に切り裂かれた。と同時に、雷鳴が轟き、雨風は狂ったように激しく襲いかかった。慌ててワイパーを全開にしたけれど雨の勢いに勝てず、方向の感覚を失いかけた。前の車は闇に飲みこまれたかのように、消えた。

ついさっき、それもほんの数秒前、角を曲がるまでは月が見えていたはず……。東の空に見た赤い月を思い出しながら、いつものように、マンションの敷地へとハンドルを切った。

雨しぶきの中、一瞬見えた前方の光に驚いて、ブレーキを踏んだ。

雨をよける大屋根の下に、何台かの車が並んでいた。奥に、ガラス張りの小部屋が見える。たしかにマンションに入ったつもりでいたのだが、そこはなぜか見知らぬガソリンスタンドだった。

数台の車が停車し、給油を待っていた。赤いキャップと赤いジャンパーの店員が数人、忙しく動き回っている。

前の車を誘導し終えた店員の一人が、首をかしげながら、怪訝な顔で近づいてきて、運転席の窓を、コンコンと小さくたたいたのだった。私は、恐る恐る窓を開けた。

「雨の中ご来店、ありがとうございます。ですが、申し訳ございません。お客さまの車はガソリン車のようですので、あちらの方でお待ちいただけますか？」

店員はそう言って、店の隅の方にある、高さ一メートルほどの四角くて黒いものを手で指し示した。

その四角くて黒いものは、高さ一メートルくらい、厚さは二十センチくらいの、金属でできた壁のような箱だった。その表面には、赤いペンキで、『ガソリン。危ないから、近寄ってはいけません』と大きく書かれていた。その前に並んでいる車は一台もなかった。

東バイパスを走っている途中から、マンションは見えていた。その灯を目標にして走ってきたのに。角を曲がった途端に……。また、見知らぬ世界に入ってしまったというのか。

私は目を閉じ、ズキズキし始めたこめかみを押さえた。

「大丈夫ですか。サービスステーションへどうぞ」

私の様子を見かねたらしい別の店員が、そう声をかけた。

## 3

サービスステーションの壁の一部には、ポリタンクが積み上げられた棚が設けられていた。そして、

『帰省のお土産に
もしも、の時のために
純活水

『二十リットル一缶二千円』

と、大きく書かれたはり紙があった。

「『純活水』って、何ですか？」

私はたずねた。

「水素と酸素に分解しやすいように開発された水のことです。飲料ではなくて、燃料用です。で、ここは『純活水スタンド』なんです。今、世界中で水素を燃料とする車が、全体の九十六パーセントを占めてますからね。お客様のガソリン車は、本当久しぶりに見ました」

店員は、丁寧にそう説明して、ステーションのすぐ傍に停めた私の車を珍しそうにながめた。

テーブルに目をやると、あまり手垢の付いていなさそうな車の雑誌があった。そしてその表紙には「二〇二〇年七月号」と記されていた。

やはり。ここも次元の違う世界だ。マンションが消失していることからすると、友梨子のいる世界とも違う。しかしここもまた、科学技術が相当に進んだ世界ということだろう。

ふと、店員のネームプレートに目が行った。

そこには、

『加藤佑也（かとうゆうや）』

とあった。この名前には聞き覚えがある。

息子の友だちに、『加藤裕弥（かとうゆうや）』君という子がいた。小学二年生の時からの仲良しで、他の友人も何人か交じえてドッジボールをしたり、カードゲームをやったり、二人だけの秘密基地を造ったりして、毎日一緒に遊び回っていた仲だ。

私の世界の「かとう」君は、たしか工業高校の機械科に進学し、卒業後は福岡の会社に就職したと聞いている。息子とかとう君は、今でもラインでやり取りしているようだ。もうすぐ結婚するらしい、とも聞いている。

店員のかとう君をあらためてよく見ると、眉と目元に、幼い頃のかとう君を彷彿させる面影があった。

思い切って、「東田翔太」という名前に覚えがないかとたずねた。もしもこの街のどこかに、こちらの「東田翔太」がいるとすれば、この世界の私も、そこにいる可能性が高いと考えたからだ。

店員のかとう君は、首を左右にひねりながら、何度も、「ひがしだしょうた」と、小さく繰り返した。そしてついに、

「すみません。自分には覚えがありません」

と頭を下げたのだった。

そうだ。この世界の私が、東田と結婚している確証はないのだ。友梨子だって、「高遠」だったし。甘かった。

いろいろとありがとう――。私はお礼を言って、純活水スタンドを後にした。

# 4

今夜は、コンビニホテルに泊まることにした。

コンビニの二階フロア、店によっては、二、三階がホテルになっているようだ。一泊千百円（税込み）。コンビニが経営しているプチホテルなので、食事や水、雑貨など、一階の店で全て揃うからとても便利だ。色々と購入した場合は、チェックアウトの時に宿泊費と合算して支払う。安価で便利で安心だ。予約なしでも泊まれるので、このホテルを利用すれば、もっと気軽に、ずっと遠くへの一人旅が楽しめるかも知れない。

店に入ってすぐ右側に、広さ六畳ほどのイートインスペースがあった。

私は、幕の内弁当とペットボトルの熱いお茶を買って、その隅の方の、店内がよく見渡せる席に腰を下ろした。

イートインスペースの入り口の壁に造り付けられた試着室のようなドアから、スーツ姿の男性が出てきた。その人は、ビジネス用の黒いバッグと傘を持っていた。恐らくそこが従業員の更衣室なのだろう。

女性が二人、またそこから出てきた。いつのまに入ったのだろうか。しかも、その狭そうな空間に二人も。勤務終わりらしいその女性たちは、お喋りしながら、スウィーツ売場の方へと歩いて行った。そうだった。私もスウィーツを買っておけばよかった。ここまで来て、ダイエットなんて、言っていられない。後で買って、夜、部屋で食べよう。……。

二人の姿を目で追いながら、そう思った。

何か、おかしい。……。食事を終えるころに、その異変に気がつき始めた。

ドアを開け、男性が入っていったかと思うと、しばらくたってから女性が出てきた。そして、入っていった男性は出てこない。そして、次の瞬間、息をのんだ。二歳位の女の子を抱いた若い夫婦が出てきたからだ。

「壁際のドア」イコール「従業員の更衣室」という図式は、完全に崩れ去った。考えてみれば、こんな場所に更衣室なんてありえない。ならば、これは。一体……。


「人体転移装置です」

レジで鍵を借りる時、たずねると、「店長」という名札を付けた女性は、こともなげにそう答えた。

人体、転移？ ……！

「外からの見た目は試着室に見えますが、中に入ると空間が広がっています。実はこれ、シェルターにもなるんですよ」

更に、

「現在、この装置はコンビニにのみ設置されています。通行カードは一枚三千円で、コンビニ各店で共通のものが販売されています。今のところ使えるのは県内だけで、およそ三十キロ先の地点までです」

私は「人体転移装置」を振り返って、感嘆のため息をもらした。喉から手が出るほど渇望した、夢のアイテムが、今、目の前にある……。

「まだ始まったばかりで、割高感がありますよね。急いでいる時とか、特別な日とかに使われる方が多いようです。

早く各家庭に普及すればいいんですけどね。そしたら、『職場から自宅』往復とか『実家から自宅』往復とか、いろいろ登録して使えて、便利だと思います。あと十年くらいでしょうかね、それが実現するのって」

左手の人差し指を上下させながら、店長はそう教えてくれたのだった。

六畳ほどの客室は、簡素で清潔だった。白い壁には、シンプルな円い時計とテレビが掛けられていた。

私はベッドに仰向けに寝そべり、大きく伸びをした。この寝心地も悪くない。

今日は、初めて見るものばかりと出逢った。それらは人と環境に優しく周到であると思う。しかしこの世界、何者かに見せられている幻影なのではないだろうか。友梨子のいた、あの世界も、また。もしかしたら。

あまり考えすぎると不安になってしまうから、今はとにかく眠ろう。明日、太陽の下で考えることにしよう。そうだ、明日、故郷へ行ってみることにしよう。

私の意識は、そこで途切れた。

## 5

翌朝。

目覚めたのは、午前九時を少しすぎた時刻だった。

毎朝五時半に起きて家族の朝食を作り、息子のお弁当を作る。土日も、家族の誰かの都合に合わせて、普段通りに起きることが多い。家族の誰もが休みの時、私もゆっくりと寝ていたいと思うのだが、朝寝坊の嫌いな夫が早々に起き出し、飯はまだか、と朝食を催促してくる。夫は私の寝坊を決して許さない。こんなにゆっくり寝たのはいつ以来だろう。

イートインで朝食をとりながら、既に活気にあふれている街をながめた。今、この世界で、私を縛るものは何もない。どこまでもどこまでも自由だ。しかし身振いするほど孤独だ。

大きく息を吸って見上げた空は、よく晴れていた。

## 6

北バイパスを抜け、国道三八七号線を北へ走ること三十分。車は長い下り坂にさしかかっていた。故郷の入り口とも言うべきこの坂からのながめは、やはり絶景だった。

彼方には、空との境界がわからない程碧く見える山々がそびえ、一級河川の恵みを受けた肥沃な大地は、陽の光を受け萌え出で始めた緑色を一層深くしていた。

遠く碧い山々の麓の方まで広がる緑。ミニチュアのような家々。集落。学校。赤い橋。色とりどりの花畑。神社の森。

その景色を二分して走る国道は、終（つい）には一本の黒い筋となって、彼方の銀色の霞の中へと吸いこまれていく。

同じだ——私はつぶやいて、一気に坂をかけ下りたのだった。

**7**

実家は、なかった。

実家だけではなく、両隣も、またその隣の家も。住宅のあった形跡すらないのだった。そこには、一面、見渡す限りの畑が広がっていた。

私は立ちすくみ、辺りをながめた。坂の上から見た景色も、杉山から聞こえてくる鳥の声も、吹いてくる風の匂いも、何も変わらないのに。なぜ……。足元で揺れる草に咲いた小さな花を、ただ茫然とながめた。

もしかしたら、ここは、私どころか中山家自体が存在しない世界なのではないか。——背中を冷たい滴が転がり落ちた。

車に乗りこんで、大きく息を吸って吐いた。その瞬間、脳裏にある「場所」が鮮明に浮かび上がった。そう。そこにはこの世界の実家があり、この世界の両親がいて、私がいて。もし「私」が他所に住んでいたとしても、きっと両親がつなぎをつけてくれる。話をきいてくれる。わかってくれる――。私は自分にそう言いきかせ、エンジンをかけた。

そこにも家はなかった。やはりここは、中山家自体が存在しない世界なのかもしれない。

――私は肩を落とした。

国道添いにあるこの場所は、私の世界のこの場所のように草の繁る空き地ではなく、きちんと整備されていて、真向かいにあるコンビニの駐車場である、という看板が出ていた。車を停め、その地に降り立った。

私の世界において、国道添いに広がる集落は、祖父の代以前から深い縁のある場所で、顔見知りの人や、おつきあいのある人々が大勢住む地区である。幼なじみも多い。

私の幼かった頃、ここには電車の駅もあり、人の通りも多く賑わっていた。現在は、店主が高齢になったり、後継者がいなかったりして、二、三の店を除いて皆シャッターを下ろしている。そして、地区を割って走る国道を、多くの車が、スピードを上げて通り過ぎていく。

形は少し違うけれど、この世界でも、この地区はひっそりと、穏やかだった。それだけで嬉しかった。

一瞬、葉擦れの音がしたような気がして振り向くと、竹林が在った。実家が跡形もないこの世界でも、この竹林はひっそりとその葉を揺らしていたのか。目を閉じ、胸いっぱいに息を吸った。緑色の、いい匂いがした。そして、心の底に眠る景色が蘇ったのだった。

竹の間を吹き抜けてくる風。笹の葉の鳴る音。雨を含んだ道の、泥の匂い。小さな庭の陽だまり……。祖母、両親と共に、十一歳までの日々をここで過ごした。私が小学六年生の時に両親が現在の場所に家を建てたため私たちはこの地を離れた。それ以来、私の世界のこの地は空き地となっているのだ。

国道を挟んだコンビニをぼんやりとながめた。私の世界に、この店はない。更にその敷地の一画の、少し奥まった所に喫茶店があることに気がついた。『喫茶・石山』と、看板が出ている。

## 8

店内は、コーヒーの香りが濃く漂っていた。店の隅には、昔ながらの木製の陳列棚が置かれ、個包装されて生産者シールの貼られたパンやお菓子、また、惣菜や野菜などが、きちんと区分けして並べてあった。食事を済ませたらしい女性客が三人、お喋りしながら商品を選んでいた。私も、帰りに何か買って帰ろう。と思って苦笑した。私はどこへ帰るの？

「いらっしゃいませ」

男性の声がした。よく通る、低音。

カウンターごしに声をかけてきたその人と目が合うと、その人は微笑んで会釈した。私は頭を下げた。はて。この人、どこかで……。ああ、康介（こうすけ）君だ。雰囲気は全く違うけれど。

私の世界の「石山康介(いしやまこうすけ)」君は、実家の酒店を継いでいて、頭にかぶる手ぬぐいと、商店の前掛けの似合う、快活で素朴な男である。脇に汗して懸命に働く姿をよく見かける。昔から近所で評判の孝行息子だ。

今、カウンターの中からこちらを見て微笑んでいる人は、康介君のポジションにいる人にまちがいない。それほど顔立ちは似ているけれど、私の世界の彼よりも少し鼻が高くて引き締まった精悍な顔立ちをしている。肘までの黒いシャツと、濃いグリーンのエプロンを着けた姿はすごく粋で、黒々とした艶のある髪と整えられた襟足は、清潔な感じがした。そして、恐らく、ひとかけらの贅肉さえ許さぬほど鍛え抜かれているに違いない、スッと伸びた背中。陽やけした腕。とてもまぶしく見えた。

私は、ドキドキしながら、「ナカヤマユリコ」という名前に覚えがありますか、とたずねた。

皿を拭いていた手を止めて、彼は言った。

「ええ、知っていますよ。ユリコさんは幼なじみです」

そして、

「あの竹林の所に住んでました。今は駐車場になってますけどね」

と、木の枠の窓からちょっと見えている竹林を手で指した。

私は安堵した。この世界にも中山家が存在し、ユリコという人物がいる……。それを聞けただけで充分に嬉しかった。私はお礼を言った。

「ここ十日くらい顔見てないんですよ。ちょくちょく来るんですけどね」

驚いた。ユリコは常連らしい。急に会ってみたくなった。

彼はそう言いながら、あ、と小さく声を上げ、

「来ましたよ」

と、左手の親指を立ててみせた。

入り口のドアがリロンリロンと美しい音をたてて開き、スーツケースを引いた女性が入ってきた。ああ、この人が。

## 9

「ああ、やっと帰ってきた」

店に入ってくるなり、その人はカウンターに座り、康介君に話しかけた。店内にいた女性たちの視線が一斉にその人に注がれた。この女性客たちは恐らく康介君の秘かなファンなのだろう。皆、怪訝な顔をしている。

「海外?」

「ええ。パリ。ショーを観てきたの。すごい良かったよ。思い切って行って正解だった」

「そうなんだ。よかったね。やっぱ行動力あるね、ユリコは」

「コーちゃんのランチ、思い出したら、居ても立ってもいられなくなってさ、空港内のコンビニから、この隣のコンビニまで、転移装置使って帰ってきちゃった。車は空港に置

きっぱ！　十日ぶりかな。なんかすごく懐かしい感じ」

「いつもご贔屓に、ありがとうな。ゆっくりしてってよ。

あ、そうそう。ユリコに会いたいらしい人がいらしてるよ」

「あら、誰かしら。イケメン？　ん？　どこ？」

ユリコは笑いながらそう言って、店内を見回している。自分に向けられている女性たちの視線など、全く意に介さない様子だ。

康介君が、私の方を手で指し示した。ユリコへの視線と同時に、店中の女性たちが私を見ているような気がした。私はとまどいながら会釈した。


セミロングの、ゆるくウェーヴのかかった栗色の髪。透明感のある肌。ハイヒール。揺れるようなAラインの、裾の広がりは控え目な、ベージュのロングワンピースに、柔らかそうな白のジャケット。その姿は、息をのむ程、エレガントだった。

私は、この世界に「中山」の家と、「ユリコ」とが存在するかどうかを知りたかっただけなのだ。今、その「ユリコ」が目の前にいる。しかもこれほど美しいなんて。ただただ嬉しかった。

「窓際の席、座って。すぐランチ持ってくるから。ね、二人とも。ほら、どうぞ」

康介君が、私たちの背を軽く押して促した。

## 10

『デザインルーム・ユリ　デザイナー・中山百合子』

差し出された名刺にはそう書かれていた。

デザイナー……どうりで。私はちょっと気後れしながら、自己紹介し、旧姓が『中山』であることをひと言、つけ加えた。

「東田由理子、さん。で、旧姓『ナカヤマユリコ』さん。ああ、私と同姓同名ですね。で？　私に何か？　デザインのご用命ですか？」

たずねながら、百合子は私の全身を一瞥した。

その時、康介君が、両手にランチのプレートを持って現れた。

「はい、お待たせしました。今日のランチは『クラブハウスサンドセット』です」

クラブハウスサンドは、チーズとベーコンとレタスをはさんだものとチキンとゆで玉子をはさんだもの、そしてクリームチーズをはさんだものの、三点だった。それに、せん切りキャベツ、ほうれんそうにカリカリに焼いたベーコンののったサラダ、クルトンとパセリの浮いたコンソメスープ、コーヒーというメニューだ。

「コーヒーは何杯でもおかわりＯＫです」

配膳を終えると康介君はそう言って、更に私たちだけに聞こえるように腰をかがめて、

「このチーズケーキは試作中のうちのオリジナルなんだ。食べてみて」

そう囁くと、私の斜め前に名刺をそっと置いて、カウンターに戻っていった。名刺には、『喫茶・石山・オーナー石山光介』とあった。

「サンキュ！」

百合子は、弾けるような笑顔で、マニキュアの手を振った。光介君は小さく手を挙げた。この華やかで垢ぬけた百合子に、何をどう話せばいいのか。この人に本当のことを言っても理解してもらえるとは到底思えない。あの、手を握って私を温めてくれた友梨子とは全く異質なものを、この百合子から感じ取っていた。

「あなた、どこかでお会いしたことあるかしら」

コンソメスープのカップを手にして、百合子は首をかしげた。

私は思案の末、この世界に迷いこんでしまった顚末を端的に話した。信じてもらえないかも知れないけど、と前置きをして。

コーヒーをひと口飲んで、百合子を見た私は思わずむせそうになった。百合子の顔から笑顔が消え、その顔面は蒼白になっていたからだ。

「あなた、頭おかしいんじゃない？　そんな話、人に信じてもらえると思う？　変な人。そして？　あなたも『ナカヤマユリコ』ですって？　その、『そっちの世界』とやらで」

百合子は突然、まくしたてた。その目には軽蔑の色が浮かんでいた。

私は戦慄を覚えた。言うんじゃなかった。私はこの人に会いに来たこと自体を後悔し始めていた。

高校時代、私はいじめに遭いかけたことがある。二人のクラスメートから、「変な人」「おかしな人」とさんざん言われ、待ち伏せまでされ暴力を受けた。クラスの女子全員が夢中だったタレントに私一人だけ興味がなかった。ただそれだけのことだ。あの時は彼女らの暴力に私も暴力で対抗し、それ以降事無きを得たが、暴言、暴力そして軽蔑を受けたという、いやな悲しい思い出として今でも心の奥に沈んでいる。何が「正しい」ことで何が「変」なことなのか。「変」とは何なのか。それを常に考えながら生きてきたように思う。

大人になった今では、あれは自分の価値観しか信じられず、異なるものを受け入れられない若者の、若さ故の愚かさ、未熟さだったということがわかる。しかし、この人は未だに……。

「絶対信じないわよ。ねえ、冗談よね。

それにさ、何でそんな服着てんの？　貧しいの？　それともセンスがないのかしら。恥ずかしくない？　そんな格好で人前に出て。そんな人と同じ名前だなんて、よけいショックだわ」

百合子はプイと横を向いた。

私の格好といえば、白のブラウスに黒のカーディガン。黒のパンツ。スニーカー。介護のために、とにかく動き易さを第一に考えて選んで着てきた服だ。下着とくつ下は、昨日コンビニで買って着替えた。髪も顔も体も、きちんとシャワーで洗ったのだから清潔だとは思うのだが。

「ごめんなさい。いきなりここへ来ちゃったから、昨日母の介護の時に着てた服のままなのよ」

百合子は、黒いアイライナーで囲んだ目を細めながら、小さく、ふんっと鼻を鳴らした。そして、

「あなた、専業主婦でしょう？」

とたずねた。

私がうなずくと、やっぱりね、とつぶやいて、クラブハウスサンドを手にした。

「『専業』って何？　仕事しながら家事も子育てもやってる人、いっぱい知ってるわ。怠けたい人がやることとなんじゃない？『専業主婦』なんて。いらなくない？　そもそもさ、家のことばかりやるなんて、そんな人生であんた満足なの？」

一気にまくしたてたあと、手にしたサンドイッチの端の方にかみついた。

百合子は『中山百合子』という名前を名乗っていることを考えると、独身なのだろうか。それとも、結婚しても仕事上は旧姓を使い、デザイナーとしてバリバリ働いているのか。こんなにはっきり物をいう人だから、家庭のことも子育ても、合理的にかつきちんとこなしているとも考えられる。

どちらにしても、長年社会の波にもまれて戦ってきた人に違いない。なので、その対極ともいうべき『専業主婦』の生活など、想像することさえ難しいのだろう。

まさしく、私とこの人とは正反対だ。

長女出産以来、専業主婦の生活を続けていた私は、その子育ての途中、出口のないトンネルの中にいるような錯覚に陥った。――子どもは『かわいいもの』のはずなのに、なぜこんなに息苦しいのだろう。一人の時間が欲しい。普通に、普通のことを喋り合いたい。こんな風に思ってしまう自分は、どこかおかしいのかもしれない――、渇望と恐怖、そして焦りがあった。

下の子が小学四年生になった頃、パートに出た。パートに出たのは、お金のためだけではなかった。仕事のストレスのために、精神的に参ってしまった夫から受けた、暴言、モラハラ、無視によって、心が折れかかった私は、あの場所から逃げ出したのだ。

しばらくすると、思春期にさしかかっていた長女が、体調不良を訴えるようになり不登校になった。そして下の子は、よく高い熱を出すようになった。

きっと子どもたちは全てをお見通しだったのだ。身を挺して、私を家庭に呼び戻したのだろう。私は自分の弱さとずるさを恥じ、自己嫌悪に陥った。

それ以来、家庭に専念している。それでも時々、自分は、何の役にもたっていないのではないかと悩み、考え続けてきた。

社会の中で、何の役にもたっていない……。しかし、ある日、それは大変な思い違いであることに気がついたのだ。

家庭は、社会の根幹である。主婦は、それを一手に下支えする年中無休の奉仕職なのだ。

家庭は巣であり、基地である。それを守り、明かりを灯し温め続けることは何より尊いことであると今は思える。そこを守ることは家族という「人間」を守ることであり、ひいては社会を守ることにつながるのではないか、と。

## 11

百合子はコーヒーカップを手にして、脚を組み変えた。そして、

「もう少し若い時に、仕事をみつけておけばよかったわねェ。でもねェ」

フンと鼻を鳴らして、口元に薄ら笑いを浮かべた。

「ずうっと専業主婦やってきた人って、社会に出たところで、何にもできないだろうけど。この世はお金よ。お金を稼いでる人が一番偉いのよ。私ね、専業主婦は相手にしないことにしてるの。だってさ、自由になる自分のお金なんてないんでしょ」

なんていやなものの言い方だろう。私の友人の中には独身で仕事を続けている人もいるし、家庭を持った後も仕事をしている人も大勢いる。しかし、専業主婦を目の前にして、専業主婦の悪口を言う人は一人もいない。

居苦しさを覚えた。しかし、まっ向から対抗しようという気にはならなかった。もし、自分の立ち位置の尊さを見極める前の、あの模索の真っ只中にこう言われたとしたら、猛烈に抵抗したと思う。悔やしさで地団駄を踏み、悪くしたら、相手の頰をたたいたかも知れない。しかし、今はわかる。虚勢を張ったり、悔しがったりすることが、空虚なことだということが。

頭はシンと冷めていた。そして改めて、自分の魂が暗がりから一歩踏み出した所にあるということに気づかされたのだった。

「何で黙ってるの？　何とか言いなさいよ。言い返す言葉も持ってないのね、かわいそ。それとも『いい人』なのかしら。そんなんだからナメられるのよ。甘いのよね、専業主婦は」

悪口雑言の限りを尽くすとはこういうことだろう。散弾銃で弾を撃ち込まれた経験はもちろんないが、これだけ悪意をこめた言葉を浴びた経験もない。

「何でも、思ったことを口にできるのね」

私が言うと、百合子はまた、口の端をゆがめて笑った。

「そうよ。私は腹に一物を持つ人間じゃないから、陰でこそこそ言うより、思ったことは何でもズバッとはっきり言うの。

専業主婦なんて、それこそヒマでしょうから、『ママ友』とか何とかいうヒマな連中と集まって、人の噂？　悪口？　そんなくだらないことばっかり言い合ってるんでしょ。私、そういうの大嫌い」

――。この人は。――この人は何も知らないんだ。よほどのことがあって、他人を信じられなくなったのだろう。信じるのは自分自身と、その価値観のみ。他は一切受け付けない。肩ひじ張って今日まで生きてきたのだ。恐らく独りで。

黙りこんだ私を、百合子は勝ち誇ったような顔で見た。その時、ほんの一瞬だったけれど、その眼差しがどこか遠くへ向けられているように感じられた。その瞬間、伝わってきたのだ——鋭くえぐられた傷の痛みのような。助けを求める凍えた手の感触。悲しみ、という言葉では言い表せない、叫びのような。——それらはあまりに生々しく、私の中へととびこんできたのだった。

## 12

水をグラス半分程飲んで、私はたずねた。

「小さい頃、何かあった？　お父さんとお母さんは、今どうしてるの？」

「何よ、急に。何もないわよ」

百合子はそう言うと、テーブルに視線を落とした。先程までとは明らかに顔色が違って見えた。その唇は小刻みに震え、微かに聞こえる声で、「何もない」を繰り返しているのがわかった。

百合子は上目づかいに私を見た。私たちの視線が絡んだ。私はうなずいた。

しばらくの沈黙の後、百合子はコーヒーをひと口飲んだ。そして苦みをこらえるような表情で、ぽつぽつと話し始めたのだった。

「両親ね、死んじゃったの。事故で。小三の時だった。だから伯父さんちに引き取られたの」

ここは……。ここは想像だにしなかった、過酷な世界のようだ。頭から血が引いていくのを感じた。

「伯父さん」とは、恐らく父の兄の雄一伯父さんに当たる人物だろう。私の世界の伯父の家には、三歳年上の芳子さんと、二歳年下の和也君という従姉弟たちがいた。この世界にも、あの優しかった伯父夫婦と従姉弟たちがいてくれたとしたら、百合子は悲しみの中にも、楽しく過ごせたのではないだろうか。それとも、何かが大きく違っていたのか。

## 13

両親亡き後、幼い百合子を引き取ってくれた伯父さんの家には、三歳年上の美子さんと二歳年下の和美さんという従姉妹たちがいた。幼い頃は、従姉妹たちと本当の姉妹のように仲良く遊んでいたけれど、時と共に、色々なことが見え始めたのだった。

まず、おかずの量が、従姉妹たちの半分だということに気がついた。

また、成長するにつれて、服がはいらなくなると、必ず与えられたのが美子さんの着古した服だった。密かに喜んでいたのは和美さんだ。姉のお古は百合子が引き受けてくれるから、自分はまた新しいものを買ってもらえたからだ。伯母は、何かにつけ従姉妹たちと百合子を区別したのだった。

従姉妹たちは、そろって勉強がよくできた。それが伯母の自慢の種だった。それほど悪くない成績を取っていた百合子だったが、従姉妹たちほどではなく、いつも比較され、見下されていると感じるようになった。

「私が努力してよい成績を取っても、誰も認めてくれなかったし、逆にねたみ言を言われたわ。成績が悪かったらもう、馬鹿みたいに言われた」

従姉妹たちは、それぞれ行きたい私立の高校や、都会の大学に進学した。百合子はといえば、交通費がかからず学費も安い、家から徒歩圏内にある公立高校へ行くように、伯母から言われ続けていた。それでも、父がかけていてくれた学資保険と、両親の生命保険を使って、進学することができた。

高校生になった百合子は、とにかく勉強できるということが嬉しかった。「勉強する」ということはとても新鮮な喜びであり、すべては自分の血肉となって、やがては社会のためになるということが、だんだんとわかり始めた。それは、自慢したり、誰かと比較されるというレベルのものでは決してない、ということも。

高校入学と同時に、近所の本屋でアルバイトを始めた。それは、卒業後、デザインの学校に入るお金を作るためだった。また、卒業したら、伯父の家を出ようと決めたのもこの頃だ。

「昔っから本が好きだったの。っていうか、学校の図書室が好きだった。ひっそりしてて誰にも邪魔されないし。

本って、一冊の中に別の世界が広がってるでしょ。低学年の頃は『シンデレラ』とか『白雪姫』に、自分を重ねて読んでた。ああ、この娘の気持ちわかるよ、なんてね。

でもだんだんとね、あのお姫さまたちに違和感をもつようになったの。何であの娘たちは、自分で考えて行動を起こさなかったんだろうって。ただじっとその理不尽さに耐えて黙って待ってるだけなんて、苦しすぎない？　その時、自分も同じじゃん、って気がついたの」

百合子は、テーブルの上で手指を組み、左の親指で右の親指の爪をこすった。

「物語は、『王子さまと結婚して、幸せに暮らしました』で、終わるけど、幸せって何なのかしら。私は、向こうから来てくれる「幸せ」をひたすら待ってるんじゃなくて、掴みに行きたいと思ったのよ。だから、自分はどうしたいのか、自分にとって何が幸せなのか、考え続けたわ。――『綺麗な新しい洋服』――。それが、どうしても欲しいものだと気づいたの。だから、デザインの学校へ行って、勉強して、素敵な服をいっぱい作りたいって思ったのよ」

頬を紅潮させて話す百合子から、先程までの険しさが消えていた。

百合子はグラスの水を飲み干し、光介君の姿を目で探すと、

「お水を、いい？」

と言って、手を挙げた。

「百合子がまくしたてるから、何にも喉を通らなかったんじゃないですか？」

私たちのコップに水を注ぎながら、光介君は心配そうに言った。

「百合子。口調に気をつけろよな。ちょっと言うことときつすぎるぞ」

「あ、大丈夫です。私、百合子さんって本当強い人だなあって、ただ圧倒されてただけですから」

私がそう言うと、百合子は目を細めて微笑った。百合子が初めて見せてくれた笑顔だった。苛酷な現実の中で、この人は幼い頃から自分で考え、自分で見つけた道を信じてひたすら歩き続けてきたのだ。あらためて、百合子の強さを思った。

「自分一人で、いいように生きて、好きなことやってるだけよ、私。それより、あんたってすごいわ。私、言うことキツいでしょ。ね、わかるよね。なのに、怒らないで冷静でさ。つい昔話しちゃったじゃない」

――食べ切れない時は、サンドイッチケースに詰めて差し上げますから、大丈夫ですよ――。光介君は、そう囁いて立ち去った。

フォークでチーズケーキを切りながら、百合子は言った。

「誰にも頼れなかった。誰にも負けたくなかった。他人にだまされないように用心深く生きてきたの」

そして、ひとつ小さく息を吐き、

「本当言うとね、何の苦労もなく、何でも手に入る人が妬ましくて仕方なかった。だから、その妬みとか、劣等感とか、ぐちゃぐちゃしたものをかき消したくて、がむしゃらにやってきただけかも知れない」

そう言って、ひと口サイズに切ったチーズケーキを口にした。

「伯父さんが亡くなってから、伯母さん、認知症を発症したの。従姉妹たちは学生時代に相手をみつけてて、大阪と東京へ嫁いでいっちゃってるから、伯母さん、すごく寂しかったんだと思う。七年になるかな、発症して。もう誰のこともわからない」

「あなたが伯母さんの面倒をみてるの？」

「今は施設にお願いしてる。着替えを届けたり、あと、ケアマネさんと話し合ったりとか。それくらいよ。お金は、従姉妹たちに何とかお願いできたから」

「なかなかできることじゃないよ。あなたに冷たかった人の世話をするなんて」

私が言うと、百合子は、眉根を寄せて息をもらした。

「従姉妹がこそこそ話してるのが聞こえたの。たまあに二人帰ってきた時にね。『面倒臭いわよね、こんな状態で長生きされると』って。私、震えちゃった。泣けてきたよ。伯母さんがかわいそうで。怒りが爆発しちゃった。『あんたたちの親でしょうが。必死に生きようとしてるのに何』って、怒鳴った。従姉妹たちは知らんぷりしてた。その横顔見て思った。どうしてだろう、あれだけ優秀だったのに、顔つきが変わって考え方まで変わったのかなって。一体この人たちは何を学んできたんだろう、残念だなってね。そんな彼女らが専業主婦に納まってるものだから」

「だから偏見が生まれたのかもね」

「ごめん。思いこみ激しすぎて」

百合子は、額をテーブルにこすりつけるほど深く頭を下げた。

## 14

私は、チーズケーキを小さく切って、ひと切れ口に入れた。口の中にチーズの旨みとレモンの酸味が絶妙に溶け合って広がり、ほろりととろけて私の中に浸みこんでいった。その時、脳裏に何かがスッとほどけていく様が浮かび上がった。

「年をとって、いつか死ぬ時が来てさ、魂だけの存在になった時に、きれいな形の魂としてありたいと、昔から思い続けてるんだ」

私が言うと、百合子は「何?」と言いたげに眉を寄せ、首をかしげた。

「出自とか学歴とか経歴とか、あと外見とか。そういうの全部消えるのよ。はかないものなのよ」

「魂、だけ?」

「ええ。心に感じるもの、身に起こってくること、すべて魂の肥やしかもって思ってる。悲しいことも苦しいことも、ケーキがとろけるように美味しくて感動、ってことも」

フッと百合子は笑った。

「こんなこと言う人に初めて会ったよ」

「私も初めて人に話したよ」

百合子は、くい入るように私の顔を見た。――変な人ね――。そうくるだろうな。

「あんたって……。その、何か、スピ系？　それとも作家とか？」

ものを書く趣味のある専業主婦よ、と私は答えた。

「すべてが肥やし、か。これまでの私の人生も、悪くなかったってことだよね」

百合子は微笑んだ。私はうなずいた。

わかり合えた――。冷たくなったコーヒーカップを手にした時、私たちの前に新たな熱々のコーヒーがそっと置かれた。

「私、ずっとね、自分ばかり損してるように感じてたの。でも最近はね、『頼られる』って案外いいものだなって思えるようになったんだ。やっと私も『家族』って単位に入れたような気がしてね」

百合子はそう言って、ちょっと照れて笑った。そして、

「ね、結婚ってどんなもの？　家庭って本当のところどういうの？」

と、たずねた。

どんなもの？　そうだねえ……。ひと口では。何というか。

「喜びあり、怒りあり。思いが通じないことなんてザラで、腹の立つことも多い。ああ、もう、って投げだしたくなる時さえある。でも私にとっては、信じられる人たちのいる場所かな、家って。そうそう。それからね。子どもが生まれてからは、人間としての資質を問われ続けてる気がするのよ」

言葉に出すことで改めて、「家庭」と自分の心の位置を確認したような気がした。

家はたしかにどこよりも温かな居場所だ。しかしそこは、フワフワのうさぎを吠えたてる虎に変貌させ、柳腰の姫の細腕を、力こぶのできるたくましい二の腕に成長させる、厳しい修練の場。そのありがたい場所こそが結婚であり、家庭。多分。苦しくても立ち去らない、私は。「虎」「たくましい二の腕」は、「うさぎ」と「細腕」がどう逆立ちしても敵わない、「何か」を得た後の栄光の姿であると信じられるから。

百合子は、目尻にハンカチを当てながら、

「ありがとう。よくわかった。あなたの強さと優しさの意味が」

と言って、微笑った。

私は、まあね、と答えた。

**15**

「そっちの世界の、お父さんとお母さんに、長生きしてねって伝えてね」

そう言うと、百合子は軽く手を振って、人体転移装置の中へと消えていった。

「勝気で高飛車で派手、かな。他人に与える印象。あいつの」

いつのまにか、光介君が来ていた。彼はついさっき、新たに作ってくれたサンドイッチを箱に詰めて渡してくれたのだった。おしぼりまでつけて。百合子から聞いたところによると、このコンビニは、光介君のお兄さんが、停年退職後、実家の酒店を改築して家族で始められた店だとか。

「潔く、まっすぐに、自分の足で立ってるって感じます。内側を知ったら、外見は全く見えなくなりますね」

私が言うと、光介君は、

「僕以外に、あいつのことわかってくれる人がいてよかった」

と微笑んだ。

「百合子のこと、これからもよろしくお願いします」

私は頭を下げた。

「あいつのこと、一生見守っていこうと思ってます。どんな形であっても」

光介君は、そう言って背中をもう一度シャンと伸ばした。

## 16

夜には光量を絞るという、コンビニと、光介君の喫茶店だけが、この通りの灯りらしい。騒音とつむじ風を残して車が通り過ぎた。過ぎ去ればまた元の、竹の揺れる音と虫の音(ね)が戻った。私は夜空を見上げた。

磨かれたような紺碧に、無数の星がちりばめられ、またたいていた。まるで息をしているかのようにきらめく星の、ひとつが一瞬強く輝いて流れた。私はしっかりと目を閉じ、その澄んだ空気を胸いっぱいに吸いこんだ。その途端、長いこと忘れていたことを思い出せそうな気がした。

　ゆっくりと目を開けると、私は実家の前の道に立っていた。そして、手を添えた車いすには母がいた。

「こんな夕焼け、前にも一緒に見たね」

　鮮やかな夕映えをながめながら、母はそう言った。

「そうね。心に浸み入ってきそうな色だね」

　私は答えて、母の肩を包むように手を置いた。ひぐらしの声に、もの哀しさが募る。

「夕暮れ時は危ないからね。気をつけて帰るのよ」

「平気平気。もう大人よ、私。さらわれたりしないから」

　私はそう言って笑った。母は、そうね、とつぶやいた。

　門の傍で伸びた草を引いていたらしい父が現れ、草と土のついた手袋をはずして、車いすをゆっくりと引き取った。

　庭は今でも父が時間をかけて草をとり、シルバー人材センターに頼んで、定期的に木の剪定もやっているのだ。

　父と、車いすの母は、日々草の咲く庭を横切って、玄関へと向かっていった。

「気をつけて帰れよ」

　玄関に着くと、父はそう言って手を挙げた。母は、またね、と言った。二人は並んでこちらを見て微笑んだ。私も微笑んで手を振った。――夕方一人で歩いていると、人さらいに遭うよ。逢魔が時、というからね――背後で、母の声がしたような気がして、

「お母さん、昔っからそれ言ってたよね。本当怖かったんだから。友だちの家から、夕方一人で帰る時とか。特に日暮れの堤防をトボトボ帰る時なんか」

私はそう言って、もう一度両親の方を振り向いた……。

そこには誰もいなかった。

誰かがいた気配すら……。

白とピンクの日々草が揺れる庭。沈みゆく太陽。静寂。足元に忍びよる濃い夕闇――これは……。寂しさがこみ上げて泣くことさえ忘れ、ただ叫びを上げた、明け方に見た夢。次第に鮮明になってゆく記憶……。


そうだった。


亡くなったのだ、母は。この夏に。

もう、いないのだ。どこにも。母は。

母へと続く道を、ひたすら通い続けた。両親に、喜んでもらいたい。安心して暮らしてもらいたい。ただそれだけだった。励ましたり、逆に励まされたり。教えられることの方が多かった。自分の体が痛む日は、その倍の痛みが心に押し寄せた。あの日々は、もう終

わったのだ。

どこからやってきたのか、大きなアゲハが私の上を舞い始めた。手を伸ばせば容易に届きそうな位置で、怖れもせずに。

「お母さん」

その姿に母の気配を感じ、私はアゲハに向かって呼びかけた。

光は既に庭には届かず、そこにあるものすべてが闇に溶けようとしている。それでも尚、アゲハは、私の頭の上を悠々と舞い続けている。

「ありがとう。私、大丈夫だよ」

声をかけると、アゲハはゆっくりと旋回しながら、木下闇に消えていった。


携帯の音に、ふっと現実感が戻った。

息子からだった。

「大丈夫？　遅いから、じいちゃん心配してるよ。まだそっちの家にいる？　……」

そう。母亡き後、父には私たちのマンションに来てもらっている。そして今日は、母の除籍謄本を取りに、実家のある地元の市役所に出向いたのだ。それから、もはや誰も住んでいない実家の窓を開けて、掃除をし、空気を入れ替え……。そうだった……。

「ああ、遅くなっちゃったね。今から帰る」

「わかった。風呂、沸かしとく」

電話は切れた。その途端、安堵感がこみ上げた。

帰る場所がある。私を待っている人たちがいる
大きく息を吸って、ゆっくりと吐いた。

——夕方、一人で歩いていると——。

そう。不思議なことが起こる。

逢魔が時。それは、未知の彼方からのメッセージを受け取る刻（とき）、なのかも知れない。

「だよね？」

深い蒲色の空に問いかけた。

懐かしい匂いの風が吹き過ぎた。

# 光

どうしても思い出せないことがある。

記憶力には自信のある私だが、どれほど目を閉じ考えても、感動的なそのシーンの一端さえ思い出せない。

「それは存在しなかった」……。ついにそう考えるようになったのだった。

娘時代は遥か遠く、「それ」はどこかに置き去りにされたまま時は過ぎ、早、四半世紀に及ぼうとしている。

お花見気分が一段落したある日。ママ友の治子（はるこ）さんと冴子（さえこ）さんから、ランチのお誘いを受けた。

子どもたちが小学生の頃、ＰＴＡの役員として共に学校のために、子どもたちのために働き、辛い時にも励まし合い、また、喜びを分かち合ってきた仲間たちだ。かれこれ十数年来のつきあいになる。

お互いの近況や、子どもたちの進路のことなど話題は尽きない。特に、久々のママトークは楽しいものだ。

食後のコーヒーのカップを手にした時だった。目の前に座る治子さんの左手首の輝きに目が留まった。それがカップを持つ反対の手にもかかわらず、冴子さんも同じく目を奪われたらしく、小さく息をのみ、

「それ、ロレックス？」

と、たずねた。

治子さんは、コーヒーをひと口飲んで、カップをソーサーに静かに置いた。

「ええ、そうなの。結婚三十周年の記念に夫がプレゼントしてくれたの」

と言った。

写真や、宝飾店のショーケースでは目にしたことがあるが、本物を間近に見るのは初めてのことだ。

「いいなあ。うちは結婚記念日っていうと毎年花束よ。他に思いつかないんだろうね」

冴子さんが苦笑した。

「治子さんはこれまでにも結婚記念日には色んなプレゼントもらってたんでしょ？　他にはどんな？」

冴子さんがたずねると、治子さんはちょっときまり悪そうに言った。

「ええ。その……。指輪とか、ブランドバッグとか、ネックレスとか」

「いいわね。光るものばっかり」

冴子さんはため息をついた。

私の覚えているところでは、治子さんがそれらを、これ見よがしに着けていたことは一度もない。

「もらってて悪いんだけど、何ていうか、趣味に合わないっていうか、使い時がないっていうか。主人には内緒だけどね。で、ロレックスなら、まあ、時計だし、着けてても便利なだけで邪魔にならないからね」

治子さんの言葉に、冴子さんと私は顔を見合わせて笑った。大きな会社の重役の奥様である治子さんだけど、こういうこだわりのないサラサラした人だから他人に好感を持たれるのだ。私も、少し年上の治子さんのことがかわいく思えるし、好きだ。

「うちはなんにもなし。結婚した次の年から」

私がそう言うと、二人は顔を凍りつかせて、手にしたカップをソーサーに戻した。

結婚したその年の誕生日には、大きな花束と、ブルーローズの香水をプレゼントしてくれた。そのことは確かに覚えている。しかし。

「結婚記念日には、私が心をこめて主人へのプレゼントを選ぶの。夕食もちょっと豪華にしてるよ。主人の誕生日にもそう」

私はありのままを話した。

「道子(みちこ)さん、あなたお人よしすぎるわ」

「そうよ。やってあげるばっかりなんて。もっと主張すべきよ」

「いいのよ。私、人に何かやってもらうってこそばゆくて」

私が言うと、二人はため息をつきながらうなずいた。

「見返りを期待しないで、心からだんな様に尽くす、なんて、あなたそこが素敵だわ」

「そうね。人って、そうでなくちゃね。私たち道子さんを見習わなくちゃね」

二人はそう言った。

ありがとう。気を遣ってくれて。

帰りに、いつものスーパーに立ち寄った。結婚してこの街に住み始めて以来、通っている店だ。時々リニューアルはあったものの、どの辺りに何が置いてあるかは、大体つかめている。他のことを考えながらでもカートを押して、スイスイと進んでいけるのだ。

記念日や誕生日のプレゼントどころか……。ランチの席で口にできなかったことが頭の中を駆け巡り始めた。

プロポーズの言葉さえなかったんだから。それに相応しい素敵な場所で、「結婚して下さい」と告げられる。いつの日かきっと。と心の中で繰り返し思い描き、ただ憧れ続けていた、若いあの日。どこに消えたのだろう。

あの頃から、たしかに夫は面倒臭がりだった。そして最近では会社での責任が重くなったせいか口数が減り、日常のあいさつさえしなくなった。「おはよう」も「行ってきます」も、「ただいま」も「おやすみ」も、一切なし。

結婚記念日だろうが、私の誕生日だろうが、いつもと全く変わらない。「ビール」「しょうゆ」「めし」……。夫は単語で私に命令する。

花を飾り、チーズケーキを手作りし、お刺身盛り合わせを奮発した夫の誕生日でさえ、「うまい」のひと言もなく、ひたすらビールを飲み、テーブルの上のものを食べ続ける。夫の顔をみつめても、その感情は読みとれない。喜んでくれているのかも、わからないのだ。だから私は三六五日、一日も欠かすことなくお給仕をして、ただ黙ってお皿を洗い続けている。

自分の誕生日には、自分で花を買うことにしている。せめてもの慰めだ。昔から誕生日イコールケーキと思いこんでいたのだが、最近、太る元凶をなぜ自分で用意するんだろう、ということに思い至った。以来、ケーキは無しだ。

私など、プロポーズもせずに易々と手に入った女だから、生活に困らないだけのお金さえ渡しておけばいいと思っているのだろうか。食わせてやっている自分の命令に、私は決して逆らわず、むしろ喜んで従っていると思っているのか。それらはすべて誤解だ。「労り」という言葉があることさえ知らないのかもしれない。

治子さんと冴子さんの前では平気なふりして、彼女たちから『見習うわ』なんて言われて。私はそんな立派な人じゃない。心の中には、吐き出し切れない黒いモヤをいっぱいためこんでいる。――、ああ、もうやめた、やめた。考えない。自己嫌悪ばかりが募っていくから。

部屋の模様変えをしよう――。唐突にそう思った。

既に時刻は午後三時をまわっている。ちょっと遅いし、何かダルいし、止めとこうか。いや、あのタンス。前から気になっていたが今日は特に気になる。というか、気に障る。

高さ一四〇センチ、幅八〇センチ、奥行六〇センチ。そして、私の体重を越えるであろうと思われる、どっしりとしたこげ茶色の整理ダンスだ。

結婚した時に両親が買ってくれた家具のひとつで、今住んでいるマンションに引っ越して以来、私たち夫婦の寝室に納まっている。このタンスを入れたことで、どうしてもベッドを配置できず、私たちはタンスの前に布団を二つ、ギチギチに並べて寝ているのだ。

まず、引き出しを全部出す。引き出し一段でも相当な重量だ。それが七段と、上部の小引き出し、左右ひとつずつ。

そうしておいて、タンス本体を移動させた。時々床を傷めてしまい、舌打ちしながら渾身の力をこめて、隣の四畳半の和室へと引きずりこんだのだった。

タンスのすべてを移動させ終わった時、肩や腕、そして腰に重苦しさを感じた。しかし、背の高い家具がなくなったことで、寝室は初めて見る部屋のように広々と見えた。掃除機をかけ、雑巾がけをすると、気分がさっぱりとした。

和室は、物置き兼、私の部屋として使っている部屋だ。三面鏡と机、本棚、そこにそのタンスが加わった。ちょっと狭くなったが、三面鏡と机を移動させ、いつか使おうと思って買ったステンドグラスのかさのついたランプも置いてみた。「私の部屋」が出来上がったようで、嬉しかった。

終わったのは午後六時近くだった。

家具を移動させたせいで体のあちこちが痛み、もうヘトヘトだ。

夕食は、簡単で家族皆が好きな、肉煮こみうどんを作ることにした。

ゴボウ、人参、玉ねぎ、小松菜、そして牛肉を炒めて、甘辛く煮て、具を作る。他に、桂剝きにして千切りにした大根とハムとキュウリのサラダ。冷や奴はショウガのすりおろしと、小ネギと大葉、みょうがにカツオ節。たっぷりとかける。

夫のビールのつまみは、帰り途のスーパーで買った「カツオのたたき」。

息子は夕方からコンビニのアルバイトに出かけていった。今日は午前〇時までやるそうだ。帰宅して、風呂から上がった夫は、テーブルに着き、ビールを飲みながら、カツオのたたきをつついている。

うどんの茹で上がった、丁度のタイミングで、娘が帰宅した。

娘は、この春大学を卒業し、保育園に勤め始めた。一番小さい子どもたちのクラスを担任している。

「肩も腕も、もうパンパン。腰痛ぇ」

誰に言うともなくそうつぶやきながら、部屋着に着替えると、娘は腰をさすりながらテーブルについた。

「今日、避難訓練だったんだよね。まだ歩かないユアちゃんをおんぶひもでおんぶしてさ。ユアちゃん、体重一〇キロだよ。そしてね、テチテチって歩き回わってるミヤビ君を、バッと左手でつかまえて脇に抱えて、右手でソラ君の手をひいて園庭に出たの。何も知らせてくれてなくて、いきなりベルがジリリリンって鳴るしさ。もうめちゃくちゃ大変だった。ユアちゃん、背中で大泣きするし」

どちらかといえば細身の娘が、大きな赤ちゃんを三人も抱えて走り回わる姿を思い浮かべると、ちょっと笑えてきた。笑いを抑えながらまじめな顔で、

「地震とかの災害って、いつも突然よ。緊急事態のシミュレーションだもの。事前の知らせなんてないないない」

と言うと、

「笑いごとじゃないよ。本当、ヘトヘトなんだからね」

娘はそう言って私をキッとにらんだ。そしてあっという間に自分の目の前の食事を完食した。

食事の後、夫はソファに腰をおろし、テレビに見入っている。昼間、私が録画しておいた昔の時代劇を見るのが、唯一の楽しみらしい。娘はカーペットに寝そべりながら、スマホで動画を観ている。

私は食事の後片付け。そして明日の朝食の準備や、ゴミ出しの準備をする。夜はいつものようにつつがなく、静かに更けていこうとしていた。

早寝早起きが習慣となっている夫は、これまた普段通りに午後九時になると、寝室に入っていった。

午後九時二十分を少し過ぎた時だった。

突然床が、かつてないほど傾斜した。続いて、何度も何度も繰り返し前後左右に揺すぶ

られた。家の揺れに伴って、家中の家具は傾き始め、ついに倒れ果てた。更に襲ってくる揺れ。建物のきしむ音。これは。

さっき移動したばかりのタンスをはじめとする大きな家具の集まる和室は、物という物が重なり合って倒れ散乱する、とんでもないありさまとなってしまったのだった。置いたばかりのあの美しいランプも、犠牲になった。

不安。恐怖。スウと血が引いていくような気持ちの悪さ。治まらない動悸。暗闇。

やっと点いた灯りの下で、夫がたずねた。

「タンス、いつ移動させた？」

「今日の夕方」

息を荒く吐き出しながら、私は言った。

「そうか。あれがあったら、俺、確実に下敷きになってた」

夫はそうぼそぼそと言いながら、再び寝室へと入っていったのだった。やっと聞き取れる程の小さな声だったが、久しぶりに夫の声を聞いた気がした。

倒れた家具を立て直す最中に、何度も余震に襲われた私たちは、車中泊を決めた。

こんなの初めてだね。もうないよね、こんなに大きな揺れは。……まっ暗な非常階段を、懐中電灯だけを頼りに娘と手を取り合って下りた。

それから二日後の深夜のことだった。再び猛烈な力に突きあげられた。それは、唸るように。地の底から。南から東から。西から北から。もはや暴圧と化した揺れは、更に大きなうねりとなり私たちを襲い、弄んだのだった。

ぶつかる。砕け散る。倒れる。闇の彼方から聞こえる悲鳴。地鳴り。きしみ――。家中の粒子という粒子を巻き上げ攪乱して、それはようやく収まった。

闇の中、ゆっくりと上げた顔を、冷たい風がなぐった。暗闇になれてきた目にぼんやりと映り始めたのは、家具や生活用品が、まるで力尽きた兵士のように散らばり横たわる、荒れ果てた戦場のような我が家だった。「世界が変わってしまった」――その場に座りこんだまま、そう思った。

幾度も激しい余震が襲い来る中、私たち家族は声をかけ合い、よろけながらも支えあって、物が散乱する床の上に獣道を作り、やっとの思いで戸外に脱出したのだった。

人々の荒い吐息。ざわめき、叫び。エンジンの音。夜の闇は更に深く、街は異様な程の熱を帯びていた。

光の消えた東バイパス。自分の車のヘッドライトと前の車のテールランプだけを頼りに所々亀裂の入る北バイパスを走り抜けていった。

避難した実家も危険だということで、私たちは両親と共に、二回目の車中泊をすることにした。

なかなか寝付けず、やがて白々と明け始めた空を見つめていた。実のところ、目を閉じると、大きな揺れがまた襲ってきそうで怖かったのだ。

あの揺れのフラッシュバックと共に、脳裏に浮かぶものがあった。それは、「手」だ。灯りが落ち、すべてが暗転するその瞬間、私は見たのだ。倒れかかるテレビを、寝室から伸びてきた大きな手がビシと押さえたのを。

暗闇に響き渡る、「来るぞ」の声。子どもたちを胸の下に入れ、四ツン這いになった私の頭の上に、大きな温かい手ががっちりと乗せられた。私たちは夫の胸の下にいた。懐かしい匂いがした。

直後、再び激しい揺れが来た。それがようやく収まり、夫の胸の下から這い出した私と子どもたちは、異変に気づき悲鳴を上げた。

決して倒れることはないと思いこんでいた背の低い重厚なサイドボードが夫の背に倒れかかっていたからだ。私たちは声をかけ合い、力を合わせて、夫にのしかかるサイドボードを立て直した。

夫は、「ハアッ」と大きな息を吐いて立ち上がり、ぼそりと、

「大丈夫だ。大したことはない」

と言って、肩甲骨をギュッと寄せてみせた。

翌朝見た夫の左肩から肩甲骨の辺りは、赤紫色に腫れ上がっていた。あの時は暗闇で、その表情は見えなかったし、ひと言の弱音も吐かなかった。激痛が走っていたであろうに

も拘わらず。

私は、「ごめんね」と言いながら、湿布を貼った。

「これくらい、すぐ治る」

夫は低い声で言った。

長い年月を共に暮らしたこの人の、一体何を見ていたのだろう。かつて、この人の心の底をわかろうとしたことが、私にはあっただろうか。

他家（よそ）の旦那さまのような、プレゼントや花束の類は一切なし。特に私のことは、「お金のかからない家政婦」か「召し使い」くらいにしか思っていない。温かい言葉も思いやりも、ない。私はいつも悲しかった。寂しかった。そして求め続けていた。「大切にされたい」「わかってもらいたい」と。

倒れてくるテレビを素早く押さえた手。私と子どもたちを胸の下に入れ、身を挺して守った、その大きさ。

家族を守る勇気と痛みにも負けない忍耐力。――。この人と結婚したいと思ったあの若い日、私には、そのすべてが透けて見えていたような気がする。夫は何も変わってはいない。寡黙で、飄々としていて。変わったのは私の方だ。自分本位になり、自分自身を卑下した。

いつ頃からだろう。「目に見えるもの」だけを「良いもの」と錯覚し始めたのは。

おそらく夫にとって、「プロポーズ」も「プレゼント」も、単なる「言葉」「物」にすぎないのだろう。――大事なのはその「人」本人だ。洋服？　スタイル？　そんなのは飾りだ――。目を閉じていると、昔聞いた夫の言葉が甦ってきた。そう。そうだった。

「守ってくれて、ありがとね」

シップを貼った夫の背を氷で冷やしながら、そうつぶやいた。


桜が散り、青葉の茂る季節になると毎年、あの夜のことを思い出す。多分、生涯忘れることはないだろう。

夫は相変わらず口数は少なく、飄々と生きている。

そんな夫が、ある夜珍しく大きな声で言った
「皆、次の土曜の夜、空けといてくれ」

「何事よ」

娘の問いかけに、夫はぽつりと言った。

「銀婚の祝い」

私たちの二十五回目の結婚記念日に、ホテルのレストランを予約したというのだ。

そこは以前、従弟の結婚式で訪れたことのあるホテルで、そのレストランは料理が美味しく、また、サービスも充実していると評判の店である。

「父さん、すげっ」

息子はそう言って、三拍、掌を打った。

　さて、宴の日。

　久しぶりにお洒落をした。

　グレーの地に、大胆な白い花々をあしらったオーガンジーのミディドレスは、娘の見立てだ。バッグには、夫への贈りものをしのばせた。夫の誕生石であるガーネットが五個、花の形に埋めこまれた。銀製のタイピンだ。


　レストランに到着するとすぐに、テーブルに案内された。

　ギャルソンは、私たちのグラスにシャンパンを注ぎ、よく通る声で、

「ご結婚二十五周年、おめでとうございます」

と言って、一礼した。

　私たちはその声と共にグラスを掲げたのだった。

　それをひと口飲んだ私の体は、自分でも驚くほどセンセーショナルな反応を見せた。こんなの、ほとんど初めてといっていい程だ。

　喉から胃にかけてかっと熱くなり、やがて温かい血が体の内側をかけめぐり始めるのがわかった。全身が宙に浮いている感じで、体が軽い。あの地震の日からこの方、もしまた地震が起こった時に車で避難できるように、一滴のワインさえ口にしていなかったためだろう。どこか深い所から、紙吹雪と共に上に押し上げられるような不思議な感覚だ。不快

感は全くない。

飲みもののおかわりを頼むと、ギャルソンは微笑んで、すぐにお持ちいたします、と囁いた。そして、水すましのように静かな、軽やかな動きで、望むものを差し出すのだった。テーブルセッティングも、フラワーアレンジも、次々に出される料理の味も形も。ひとつひとつが清潔感にあふれ、極上だった。サービスもそつがなく、温かで、居心地がよかった。

こんなにゆっくりと寛げた夕食はいつ以来だろう。何度も立ち上がり動き回るいつもの夕食の風景を、ぼんやりと思い浮かべた。

デザートが出された直後のことだった。

「奥様に、贈りものがございます」

ギャルソンはそう言うと、宝飾店の名前の入った白い紙袋を渡してくれた。

小さな箱のリボンをほどいてみると、バラの花をモチーフとした銀のブローチが現れた。バラのまん中に三粒、葉っぱの方に二粒、真珠が飾られている。掌に載せると、それは冷んやりとして、シャンデリアの下で無数の光を散りばめたように煌めいた。

「わあ。きれい」

娘が、うっとりとした声を上げた。

「ありがとうございます」

私は立ち上がり、頭を下げた。

それからまたサプライズがあった。夫の会社の部下の方々から、大きなフラワーアレンジの花籠と、祝福のメッセージが届いていたのだ。

夫は、芯から驚いた表情で深くうなずき、

「ああ、彼らか」

と、顔をクシャクシャにして笑った。

そうだった。この人は、こんな風に笑う人だった――。久しぶりに見た夫の笑顔に、時が戻ったような錯覚を覚えた。

ホテルのエントランスホールでブーケをもらい、私たちは帰途に就いた。

夢のような時間だった。

極上の料理、テーブルセッティング。そして何より、かゆい所に手が届くような、行き届いたサービス。

誰かに何かをしてもらうなんて、いつ以来だろう。胸が苦しくなる位感動し、涙が出そうになった。ましてや、洗練された素敵なギャルソンがお世話をしてくれたのだから、もう、気分はお妃さまだ。

今日のハンドルキーパーを申し出てくれた息子が、車を走らせながら言った。

「母さん、来月誕生日だよね」

「そうね。あ、そうだ、パパ。ママに何かお誕生日のプレゼント、贈ったら？」

普段は仕事で疲れ切っている娘も、今夜は上機嫌で饒舌だ。娘の言葉に、息子も、いいねいいね、と相槌を打った。

「何がいいかな。母さんの歳になると偽物はバツだよね」

息子は、そう言って助手席の父親をチラリと見た。すると、車の揺れに身を任せていた夫が、ため息をひとつついて言った。

「銀婚の祝いと誕生祝いと、今夜まとめてやったつもりだ。そんなに毎月毎月金を使ってられるか」

このひと言で、子どもたちの意見は丸めて投げ捨てられた形になってしまったのだった。

「今夜は今夜。誕生日は誕生日だと俺は思うけどね」

鼻白んだように息子はそう言って、それきり黙った。

信号停止した車内には、方向指示機のコチコチという音だけが虚ろに響いている。もう誰も声を出す者はいない。高揚した気持ちと空気が、少しずつ冷めていくのがわかった。

「帰ったらすぐに風呂、沸かしてくれ」

目を閉じたまま、夫は疲れ切った声でそう言った。

そうくるだろうと思っていた。だから出かける前にお風呂の掃除をし、「風呂自動予約」を設定しておいたのだ。もう湯舟は湯で満たされているころだ。帰宅してからの負担が少しでも軽くなるように、明日の朝炊くご飯の準備もしておいたのだ。

「もう沸いてると思うわよ、お風呂」

私はそう言って深く息を吐き、目を閉じた。

夢の世界は、もう終わり。無口で無骨な夫が、あの素敵なレストランを予約してくれたことだけで十分だ。夢のような時を過ごせただけで。さあ、また戦いは続いていく。

ふと、ひざの上に温もりを感じた。ブーケと、あのブローチの入った白い紙袋だ。私は箱を取り出して、そこに書かれた銀色の文字を指でなぞった。

銀。バラ。真珠。すべて私の好きなものだ。そしてそれは、おそらく高価。――私は息をのんだ。

いくら素敵な店とはいえ、これほど客の好みを捉えた高価な品を用意するものだろうか。それにギャルソンは、「当店からの」贈り物だ、とは言わなかった。まちがいなく。ならば、これは……。私は、助手席で眠っている夫の、高い鼻をじっと見た。

車は東バイパスに入った。そこに灯る光は煌々として、果てしなく続いているように見えた。しかし、この光は、あってあたり前のものではないのだ。街も、この静かな夜も。私たちも。こうして息をしていることさえも。何ひとつとして。

瞬（まばた）きをした、その瞬間、瞼の裏側に赤い色が差した。そして、

——君のような地球人の、特にどん臭い女を探していたんだよ——。聞き覚えのある声がした。私は息をのんだ。

——「言葉」などという、この地獄星に流通しているものを使わなくても、特殊な力で人間を意のままに動かせるかどうか。それを調べることが、私がここへ来た目的だ。君にとっては試練のように感じただろうな。

そしてまさしく、あの震災の日、その巨大なエネルギーに呼応するように君の「扉」が開いたのだ。張りつめていた氷が緩んで溶けていくような感覚だ。あの日から、テレパシー導入がやり易くなった。

地球では、我々のテレパシーが通用するということがわかった。これからも私は、君にこの特別な力を送り続けていく。——

薄く目を開けて、見ると、助手席は光に包まれていた。刺すように鋭い光に眉を寄せ、目を固く閉じた瞬間、すべての理由がわかった気がした。

なるほど。そうだったのか。

悲しかったこと、寂しかったこと、傷ついたこと。夫の心が全くわからず苦しんだこと。あれは、地球外生命体と暮らしていたゆえだったのだ。得心がいった。しかし。ひと言言いたいことがある。地球外生命体さんよ。

「地球の女にはね、言葉にして言ってもらいたいことがいっぱいあるのよ。全部テレパシーで通じる、なんてことないんだからね。それからね、この地球上で、誰もが幸せになるとっておきの言葉、教えてあげましょうか？　それはね……」

遠くで私を呼ぶ声がした。ママ、ママと呼びながら私の手を握る小さな手。ああ、この子は。私はその手をそっと握り返した……。


私の左腕を揺すぶったのは娘だった。あきれ顔だ。

「地球とか、何？　寝言？　いいねえ。平和だね」

息子が笑った。

夫は、助手席からチラとこちらを見た。いつものように眉根を寄せている。助手席は光ってなどいなかった。夫は私と目が合うと、小さくため息を吐き、元の体勢に戻った。

私はバッグにしのばせていた夫への贈りものを取り出し、夫の右ひざにそっと乗せた。

夫は弾かれたように目を開け、一瞬自分のひざの上のものを見たけれど、黙ったまま、また目を閉じた。

「今夜は本当にありがとう。楽しかったわ。ブローチも。すごく素敵。大切にするね」

私は、夫の後頭部をみつめ、そう言った。

「ん？　何？」

運転席の息子が、軽く首をかしげた。

その時、再び聞こえ始めた寝息に混じって、フフッという笑い声がしたような気がした。

# 朧（おぼろ）

# 1

子どもの頃から不器用だった。

何でも勘よくできてしまう友人に、コンプレックスを感じていた。

不器用ということを自覚していた私のコンプレックス克服法は、「全力を尽くす」こと。それ以外道はないと信じていた。何事においても真っ向から。とことん。涙を流しながら、できるようになるまで、何度でも。

その甲斐あって、算数も鉄棒も、水泳も習字も。苦手は次々と得意へと変わっていったのだった。

そんな私のことを、同級生たちは「努力のるい」と呼んだ。


大学時代、「学生の本分は勉強。若さという最高の武器があるのだから、ごてごて着飾らなくてもいい」という母の教えをひたすら信じ、小ざっぱりとした身なりをしていた。周りから見たら、おしゃれになど全く興味のない女に見えていたと思う。本当は全く逆だった。ファッション誌を見て、その美しさと金額にため息をついていた。お化粧や洋服に興味はあっても、やり方がよくわからなかった。ちぐはぐで、よりおかしくなってしまいそうで怖かった。また、この地味な私がおしゃれをしている、その場面を人から見られることを想像することさえ恥ずかしかった。私は、自分の本当の気持ちを、周りに伝えることがどうも苦手なのだ。

　部活でもアルバイトでも、重いものを運んだり、大きいものを支えたり、夜遅くまでかかる仕事を任される人員の一人に、なぜか女性では私だけがいつも入っていた。よほど暇人に見えていたのか、太めの体が強そうに見えたのか。「私、ムリでえす」と言ってニコニコ笑う女の子がふるまってくれるお茶を、力仕事を一緒にした男たちと共に、汗まみれの額をふきながら飲んだ。

　どんな仕事でも、任されて、やると決めた以上、半端なことはしたくなくて、とにかく全力でやった。

「いやな顔もせず、大変な仕事も引き受けてくれる」

「あの人に任せておけばいい」

　いつしか、そう囁かれ始めていた。しかし、その言葉の奥に揶揄が潜んでいることを、何となく感じ取っていた。

　男たちも、私を「女」としては扱ってくれなかった。何事につけ、きれいな女の子と比較されたり、理不尽な思いを何度も経験した。その度にとても傷ついていたし、心の中では泣いていた。怒りまくっていた。しかしそういう時こそ、「何でもありません」という顔で押し通した。自分のマイナスの感情を人に見せるのもぶつけるのもいやだったから。

　でも、時々考えていた。どうすれば自分の中に渦まくモヤモヤした思いを、声を荒らげることなく、伝えられるのだろうかと。女性らしさって、一体何だろうか、と。五十路を少し過ぎた現在でも尚、心のどこかでそれを反芻し、考え続けている。

## 2

大学を卒業した私は、化粧品会社に就職した。私には似合わない会社かも、と迷ったけれど、憧れの気持ちの方が勝った。そして会社は、私を受け入れてくれた。入社式の日、この会社と、会社の創り出す商品とを一生愛していこうと、心に誓ったのだった。

入社した当初は焦った。

先輩たちは、朝早くからなぜそこまできれいにできるの？　と首をかしげたくなる程、完璧にメイクをし、ヘアスタイルも決まっている。それは、垢抜けた美しい同期の子たちも同様だった。

痛々しい程ピンと背筋を伸ばして、ハイヒールで颯爽とオフィスを歩く。その凛とした後ろ姿は圧巻だった。

とにかく美意識の高い人たちの中に放りこまれてしまった若い私は、周りから浮きまくっていた。

「あなた、何号の服を着てるの？　太りすぎ」

「姿勢が悪い。おばあさんみたい」

「何なの、その眉の引き方は」

等々、毎日のように姿勢や身なり、化粧の仕方などを注意され、へこみ続けた。しかし、そのお陰で、どこか泥臭さを残しながらも、社会人として、また女性として研がれていったように思う。あ、二、三日前も誰かに言われたのだった。そう。未だに。

「あなた、髪が伸びてきててみすぼらしいわ。年をとったら、いつでもきちっと短くカットしておくことね。若い人とは違うんだから」

はい。ごもっとも。承知しました。


入社して一年後、私はエステティシャンの資格を取得した。エステは、お客さまが普段お使いの我が社の化粧品の効果を、更に高める一番の方法であると信じたからだ。

自分の店を持つこと。それがいつしか私の夢になった。抜群の技術をもって、低価格で。子育て中の方にも高齢の方にも気軽に来ていただける、清潔で居心地のいい店を。

とにかく、この仕事に打ちこんできた。同僚や後輩の中には、私のことを「強い人」「頼もしい」と、多少の好感を持ってみつめてくれる人もいれば、同程度に哀れみの眼差しで見ている人がいることも、私は知っている。実際、夕食を一人で外で食べることなど全く怖くないけれど。

## 3

夕方に急なお客さまがあり、退社時間を大幅に過ぎてしまった。初夏の夜のことだった。

今夜はどうしよう。外食か、自炊か。こう見えて、料理は得意なのだ。実家にいた時には母に家伝来の味を教えてもらい、一人暮らしを始めてからは、料理本を買いこんで、独学で世界各国の伝統料理を作れるようになった。時々、家に友人たちを招いて食事会を開き、食べてもらっている。喜んで食べてくれる姿を見るだけで嬉しくなるのだ。しかし。

今日は……ちょっと疲れた。

というわけで、心の中で「山の神様」に、「外食」か「自炊」かの決定を委ねながら、エレベーターに乗った、その時だった。男性が二人息を切らして滑りこんできた。時々姿を見かける人達だ。汗と書類の匂いがした。

「お疲れさまです」

会釈をし、言葉を交わし合う。

駆け込んできた二人は、いつも鬼のような顔で黙々と仕事をする人と、その上司だった。実を言うと、鬼のようなその人が苦手だった。とにかく猛烈に、一二〇パーセント仕事に打ちこんでいるような人だ。それはいいとして、その顔は厳しく、怖い印象だ。もし、目でも合ってしまったら、その鋭い眼光で射抜かれてしまうかも知れない……。エステルームとメイク室以外は壁のない、ワンフロアのオフィスなので、その人が視界に入ると私の中になぜか緊張が走るのだ。

今も仕事の余韻が残っているのか、厳しい表情のままだ。ああ。早く降りたい——一刻も早く地上に着くことだけを願い続けた。

エレベーターから降り、出入口に向かって駆け出そうとした私に、上司が声をかけた。

「これから夕飯食いに行くんだけど、安斎さんも一緒にどう？」

夕食、か……いいな。でも……。チラリと見上げた鬼の横顔は、やはり厳しく見えた。私なんかと一緒に夕食をとることになりそうでいやなのかも知れない。食事の誘いはありがたいし、嬉しいけど。どうしよう。どうしよう。

結局、上司に強く背を押され、私は二人の後ろについて、食事に行くことになったのだった。


上司がいつも家族で来るという焼肉店の、一番奥、掘ごたつ風テーブルのある個室へと案内された。

鬼と私は、テーブルを挟んで向かい合って座った。鬼はやはり寡黙で表情が硬い。

ビールで乾杯の後、私は炭火の上に載せた網の上に、肉や魚介、野菜類を並べた。

男たちは魚介を肴にして飲み、私はご飯と一緒に肉を食べた。

鬼はかなりいける口らしく、ビールを中ジョッキで、たてつづけに二杯飲んだ後、今度は焼酎をロックで、それがまるで麦茶ででもあるかのように、グイグイと何杯も飲んだ。自分で、グラスにコロリンコロリンと音をたてて氷を盛り、焼酎をコポコポッと入れる。米焼酎が好みらしい。

また、鬼はよく食べた。そして酒が進んでいくと次第に頬の厳しさが緩み、控え目に喋り始めたのだった。

「自分は、会社ではどう見えますか」

低い声で、遠慮がちに、鬼はたずねた。

「鬼のよう……に、鬼のように仕事をする人だなと思って見ています」

ドキドキしながらそう答えると、

「鬼、ですか。新しい。やっぱりな。会社では仕事のこと以外喋らないからでしょうか。学生の時から、『フランケン』ってあだ名なんですよ。顔、怖いですもんね、自分」

頬をなでながら、鬼は苦笑した。

フランケンか。言い得ている。しかし、こうして面と向かってみると、正統派のおしょうゆ顔で、頬はつやよく引きしまっている。高校の時に憧れていた野球部の彼に、ちょっと似ている。

「自分、本当はすごく人見知りなんです。特に女性と話すとなると、上手く喋る自信がありません。化粧品を扱う仕事なのに、ですね。酒の力でも借りないと。本当、不愛想だし、鬼のように怖く見えて当然ですよね」

鬼はそう言って笑った。私も、笑いながらうなずいた。目を細めて笑う鬼の顔は、昼間見かける顔からは想像できない程、無邪気だった。

「この彼はね、仕事の時とその他の顔が全く違うんだよ。仕事の時は『鬼瓦』。その他は『泣いた赤鬼』に出てくる鬼。ま、どっちも一生懸命な鬼たちさ」

ほろ酔いの上司はそう言って笑い、一万円札をテーブルに置いて手を振った。

夜の深まりと共に、鬼の本来の姿が明らかになっていったのだった。そしてここでもうひとつ、衝撃的な事実が判明した。

それは、彼が私より五歳年下だったということだ。同じ年齢ぐらいか、一、二歳年上かと思っていたのに。そして独身。

お手洗いに立った。

鏡に映りこんだ自分の顔を見て、いやあな気持ちになった。

オフィスを出る直前に軽く直したメイクは完全といっていい程落ちてしまっている。今日はエステをがんばったから、疲れが顔に出ているらしい。顔色は青白く、目の下にはうっすら黒くクマが見える。グンと老けて見えた。

――私たちはシミもシワも作ってはなりません――

そんな声が聞こえた気がして、もう一度、背中をぐっと伸ばし、鏡をみつめた。

上着のポケットを探り、忍ばせていた口紅を取り出して、色を失った唇に押し当てた。少しでも顔色がよく見えますようにと祈りながら、紅を薬指で伸ばした。

「自分は女性に対して年齢で見方を変えることはありません。人を年齢や見かけで判断することもないです。だからかな。一目惚れって、これまで一度もありません」

年齢をカミングアウトしあったので、私が気まずい思いをしていると思ったのだろう。さり気なく、そんなことを言った。更に、

「安斎さんの人との接し方、いいなと思って見てます。温かで、誰に対しても丁寧で。実は、お客さまに対応している安斎さんをお見かけしたことがあるんですよ」

と言ったのだった。

驚いた。鬼のように仕事をしているその目に、私が映りこんだことがあるなんて。それはきっと「ミニエステの日」のことだろう。

フェイスマッサージとパック、ハンドマッサージを安価で。毎週二回。水曜の午後と土曜の午前中。予約制。お一人約一時間。忙しい方も気軽に来て、エステを受けていただきたくて、私が打ち出した企画だ。

「時折涙をふきながら話す高齢のお客さまの手を、あなたはゆっくりとマッサージして相槌を打っていました。その方はやがて、来た時とは別人のように穏やかな表情で帰っていかれました。あなたの寄り添う姿って、すごくいいなと思いました」

フェイスマッサージの後、お茶をお出ししてハンドマッサージをすることにしている。その時、お客さまは、楽しかった思い出や、今思っていることなどを話して下さることがある。時にその手から、胸の内に秘めた悲しみが伝わって、私の心の内へ落ちるのだ。

「ありましたね、そういうこと」

ちょっとこそばゆくなりながら、私はうなずいた。

「きちっと企画を出してやり始めて、それをちゃんと軌道に乗せてますよね。考えにブレがないというか、一本筋の通ったものを感じるんです。

あなたの中には損得の勘定など微塵もないでしょう？　自分は安斎さんを見かけると、気持ちが引き締るんです。見習おうといつも思っています。自分の場合、まず、人間らしい顔で仕事をするっていう、仕事以前の課題がありますが」

彼は、そう言って微笑った。

私の仕事をする姿を見て、そこに込めている思いまで見透かしているこの人は、何て鋭い人なのだろう。

「ごめんなさい。『鬼のように』なんて言葉を使ってしまって」

私は頭を下げた。

「いえいえ。仕事の時に鬼に見えたなんて、男としては嬉しいです」

「でも。あなた、私のこと美化しすぎかも。私、本当はすごく不器用で要領悪いから、人の何倍も努力しなくちゃついていけないいんです。ずっと昔の、小学生の頃から」

「自分は何で下手なんだろって？」

「ええ」

「で、家で涙を流しながら、できるまで何度も何度も練習した。マイナスの気持ちを人に気取られるのがいやで」

「できない自分がはがゆくて。とにかくできるまで、とことん。悔やしさとか、怒りとかを露にすることが苦手でした。今でも、だけど……。って、何で、わかるんですか？」

「自分も全く同じです。安斎さん。自分もスイスイっとスマートに完璧に仕事をこなすとか、絶対できません。で、できない自分がいやになる。だから猛烈にやるだけなんですよ」

あ。私は何かに弾かれるように顔を上げた。

「で、『鬼』なんですよ。いつも」

そう言って、鬼は笑った。その顔は穏やかだった。

私たちは、がんばりましょう、と励まし合って、また笑い合い、夏の夜は更けていったのだった。

その翌日から私たちは、一日に二言、三言、短い会話を交わすようになった。お疲れさまです、とか、暑かったでしょう、とか、それ位だが、そこには必ず微笑みがあった。

そんな私たちを遠巻きに見ていた女性たちの様子も、徐々に変わってきた。怖い顔の彼が、時折表情を緩めるのを見ると、本当によかったと思う。

以来、私はなぜか疲れ知らずだ。いつも晴れた空を見上げているような気分で、何をしても新鮮な気持ちで取り組める。何か問題が起こったとしても、それに全力で立ち向かい、スイスイと解決できるような気がする——。私の中に漲った力は、一向に引く気配がない。こんなの初めてだ。何なのだろう。これ。

## 4

新年の挨拶を交したと思っていたら、時は矢のように過ぎゆき、早三月になった。

新型コロナウイルスが蔓延し始めたことで、人と直接、対面で話したり、密着したりすることがはばかられる時勢となってしまった。

会社でも、交代でリモートワークが実施され始め、会議や新製品の勉強会など、すべてオンラインで行われるようになった。

鬼、元い、彼と、初めて言葉を交わしたあの夜のことが、遠い昔のように感じられる。

あの時私たちは、携帯の番号を交換したのだった。

「文章を送り合って話すのもいいけれど、やっぱり声を聞きたいですね」

気持ちはそこで一致していた。私たちはお互い古い人間なのかもしれない。

家に帰って寛ぎながら電話で話す。その際、仕事の話は一切なし。

「田んぼや畑が広がる景色は季節ごとに表情を変えて、季節を五感すべてで感じることができたんですが」

「街中で季節を感じるパーツといったら、スーパーに並ぶ食材が変わったとか、あと、黄砂とか。花粉症とか。そうそう、桜は、田舎も街中も美しいですね」

「少し暖かくなったと思ったら、実家の庭にまた草が生え始めてですね。自分、取ろうと思ったんですよ。そしたらその雑草に可愛い花が咲いてて。草取りしづらかったです。『ホトケの座』とか『ヒヨコ草』とか、『スミレ』に『タンポポ』、そして何か赤いのも」

話をしていくうちにわかったのは、彼が見かけとは裏腹にとても繊細な感性を持っているらしいことと、よく喋るということ、そしてもうひとつ、彼も私も、県北の田舎の出身だということだ。

「自分の生まれた村には『せいしょこさん』って呼ばれる小さな社がありました」

「私の地元にもありました。『せいしょこさん』」

「竹林を切り開いた明るい場所にあったから、小学生の頃の遊び場でした」

「私も。そこはいつも掃き清められていて、冬には赤い椿が咲いていたのを覚えています。友だちと椿の首飾りを作ったり、おままごとをしたりして、楽しかった」

「草とか花とか、泥とかで十分楽しめてましたね」

「『せいしょこさん』って、加藤清正公のことだって、後になって知りました」

「自分もです」

遠い日々の記憶を掌で温め直すようにごく自然に、幼いころの話までできてしまうのだった。いつまでも変わらず笑い合える、温かな関係でいたいと思う。

彼と話していると、それだけで満たされてくる。その関係が温かければ温かいほど、失った時のことを考えると哀しくなる。もしそうなったならば、世界が凍りついてしまうように感じられることだろう。すべてのものが色を失い、音をなくす。その時、私はどうする？　……ああなぜ、悪い方向ばかりへ考えてしまうのだろう。これまでになかったことだ。

彼と共にいるこの「今」を大切にしよう……。こみ上げる苦しさをふり払う、いつもの呪文……心の中でそっと唱える。

「今日もありがとう。お疲れさま」

今夜もそう言って、私は電話を切る。

## 5

お客さまにも自粛される方が多くなり、全くなくなったわけではないが、エステの予約は少なくなってきた。

そんな中、私は誕生日を迎えた。

毎年、誕生日の夕方には、一人でメイク室の清掃をすると決めている。いつも気持ちよく仕事をさせてもらうことへの感謝と、また新たな年も全力で仕事ができますようにとの祈りをこめて。

メイク室は、紫外線が入らないように四方を壁で覆った六畳ほどの部屋で、一方の壁一面に鏡がしつらえられている。そしてメイクのための席が三席。天井と壁の照明は、壁、床、天井にまんべんなく光が当たるように設置されており、どこにも影を作らずメイク室全体をやわらかな印象にしている。肌を美しく見せる効果もあるらしい。

備えつけてあるメイク品の棚を少しずつずらしながら丁寧にほこりを払っていく。そして最後に、鏡を清めるように磨き上げた。

この鏡は、入社以来共に在って、働く私の姿を映し続けてくれている。

化粧品売上が社内一位になり表彰を受けた時。叱られた時。どうすればもっとリラックスしてもらえるかを考え続けた時。心が通じなかった時。喜んでいただけた時……この鏡だけが私の涙を知っている。心の中で、ありがとう、とくり返した。

それは一瞬のことだった。

鏡に、見知らぬ顔が映ったように見えた。特に霊感があるわけではない。自分以外の姿が映ることなど決してない、と、もう一度目を凝らし、鏡をじっくりと見た。そこには少し汗ばみ、乱れた髪の自分の姿があった。

自分では相応の努力もし、肌状態も悪くないつもりだ。しかし心だけを置き去りに時が流れているように思える。時の流れに逆らおう逆らおうと努力してるんだけどな、とつぶやいて、苦笑した。

会社の女性たちの中には、四十代、五十代になっても独身でいて第一線で活躍し続ける人もいれば、結婚して一旦退社し、子どもを育て上げた後、もう一度パート社員として戻ってくる人もいる。また、親の介護に専念している人も少なくない。彼女たちは皆、誰かを愛して人生を交え、時に悩み苦しみ、それぞれの大変さを抱えながらも、着実に人生を歩んでいる。皆、一様に美しい。

私はといえば、入社以来、一日一日をただ懸命に生きて現在に至る。会社の居心地も悪くないし、よいお客さまにも恵まれている。一人、家で料理を作って食べてお酒をのむ時、「自由」が染みる。しかし私は誰かと深く関わったことがない。深く関わって傷つけ合うことを恐れている。だから「平行線」なのだ。それは一体どこまで続いていくのだろうか。遠く長く、見えなくなるまで？　それとも、途中でぽっと消えてしまうのか。泡沫のように……。私は息苦しさを覚え、両掌で顔を覆った。私、また考えてる。堂々巡り。

一瞬、風を感じた。それは強いものではなかった。そしてすぐに、それが鏡から流れ出していることに気がついた。

鏡に私の姿はなかった。そのかわりに、向かいあう彼と私の姿が映し出されていた。

「なぜ私がここにいると？」

「前に話したでしょう、お互いの誕生日のこと。るいさんが誕生日に、メイク室の丁寧そうじをやるってことも」

そう言って、さあ、と彼は私を促した。

次の瞬間、勢いを増した風は、息をのみ立ちすくむ私を包みこみ、吹きとばした。

「ちょっと、見てもらいたいものがあって。一緒に行ってもらいたい所があるんですよ」

「何？」

「ええ。ちょっと。その……話してなかったことがあるので」

私たちは、最寄駅から市電に乗って、通町筋（とおりちょうすじ）に着いた。

コロナ禍の真っ最中ということもあって、普段なら混み合うはずの夕方の上通（かみとおり）アーケードは人通りはまばらだった。歩いている人たちは、お互いを避けるように、足早に歩いていく。

宝飾店に入った。ここは高級感の漂う店で、通りすがりに普段着でふらりと入って棚のものを見て回ることなど、できるような店では決してない。

黒のスーツを着た女性店員たちが、彼と私に、一斉に礼をした。

「いらっしゃいませ」

一人の店員が近付いてきて、何をお探しでしょうか、と囁いた。

彼は左手を後頭部に当てて、ニヤニヤと笑った。そして、

「やっぱり婚約指輪って、ダイヤモンドですよね」

と私にたずねた。

「そう、ですね。ダイヤは永遠の輝き、っていうから」

私がそう言うと、彼はさらに頬を緩めて、永遠かあ……、とつぶやいた。私は微かな違和感を覚えた。

「指輪って、プロポーズの時にサプライズで渡すんですかね。だとしたら、男は相手の指のサイズ知ってるんでしょうかね、普通」

「さあ。私もそれ、疑問だったんです。前もって、『君、指のサイズいくつ?』なんて聞いてるのかしら、って。だとしたら、サプライズにならないじゃないですか。ねえ」

「ですよね。で。るいさん、その……左手を見せて下さい」

急なことに戸惑いながら、私は手を出した。

「お客さまは十号サイズでいらっしゃいます」

店員は、そう言って微笑んだ。

「わかりました。では十号よりワンサイズ小さいのって、どのくらいですか？」

店員に差し出した私の指をみつめていた彼はそうたずねた。

「こちら、九号サイズでございます」

差し出された黒いベルベットのトレイの上で、ダイヤの指輪が輝いた。

「では、これを」

「かしこまりました」

彼は大きな掌に、ひと粒の輝きをのせて、微笑んだ。

ちょっと待って。

私、聞きまちがえた？「十号」って聞いた気がするけど。なぜ彼は「九号」と？……

最初から感じる違和感。このなり行き。これは一体……。

彼は緩んでいた頬を、ちょっとひきしめて、言った。

「るいさん、今日はありがとうございました。この店に一人で入るのって緊張するし、指輪なんて自分、とんとわからないもんで、一緒に来てもらって。

自分ももういい年だし、この辺で結婚っていうのもありかな、と思いまして」

結婚するのもありかな、って？　それ何。これは、プロポーズ？　誕生日にプロポーズなんて、胸がしめつけられる程嬉しいはずなのに、何か違う。違和感が増していく。

「結婚？」

ゆっくりと息を吐き、私はたずねた。

「はい。話してなかったんですけど、実は、三ヶ月前にお見合いしまして。相手は自分より一周り年下です。こんな自分でもいいと言ってくれてるんで、この秋にでも、と思ってるんです」

話してないことって、このことだったのか。彼と私は「平行線」。話すだけで心が落ち着いて、楽しくて。それで満足のはずだった。しかし、違っていた。私たちの関係は「平行線」どころか、何かが始まってさえもいなかったのだ。自分の鼓動が耳元で聞こえ始めた。

彼は、心の中の思いを他の人に話したことで高揚しているのだろう。安心し切ったように、楽し気に何かを喋っている。

私は、「さり気なく、いつものように」と心の中で唱えながら、プロポーズがんばってね、お幸せに、と、いつも通りの笑顔を作った。さあ、帰りましょ、と言ったつもりだったけれど、言葉にならなかった……。


「るいさん」

名前を呼ばれて目が覚めた。

私はスツールに座って、鏡の前に突っ伏していた。顔を上げると、心配顔で私をのぞきこむ彼と、目尻に寝ジワのついた自分の顔が鏡に映し出されていた。

「大丈夫、ですか？」

彼は、鏡に映る私に言った。

「出先から、今帰ってきたんですが、誰かに呼ばれた気がしたんです。『るいさん』ってすぐ思いました」

「なぜ私がここにいるとわかったんですか」

「前に話したよ。お互いの誕生日のこと。誕生日には、るいさん、毎年メイク室の丁寧そうじをするってことも」

鏡に映る彼は、そう言って柔らかく微笑んだ。

とたんに温かいものがこみ上げてきた。涙という液体は、大方枯れてしまっていると思っていたけれど、私の目からは涙があふれ出ていた。泣き顔を見られるのは裸を見られるのと同じ位恥ずかしいことだと、戒め続けていたにもかかわらず。

悲しい、ではない。怖かった、でもない。単にうれしい、でもない。ただ、胸の奥にある色々なものがないまぜになって渦を巻き、吹き出したのだった。その渦の中に揺るがない光を見た気がした。

彼は、私を胸に抱き寄せ、髪をなでた。人の心臓の力強い拍動を、私は初めて感じたのだった。

「お誕生日おめでとう」

彼はそう囁くと、私の手をとって立ち上がらせた。

鏡は、ただ超然として、私たちを映し出していた。私は一礼をして、メイク室を後にした。

## 6

今夜は友人たちとのお喋り会だ。私の誕生日ということで、友人たちが時間を作ってくれたのだった。もちろん、オンライン。

メンバーは、小中高と一緒で幼なじみの由理子(ゆりこ)と、高校で知り合って以来仲よしの道子(みちこ)。通称、ユリリンとミッチ。かけがえのない友人たちだ。

彼とは、さっき会社の前で別れた。

「誕生日のプレゼント、あと数日待ってくれますか?」

彼は言った。私はうなずいた。

今日、自分の気持ちがはっきりと見えた。そして彼の目をみつめ、その鼓動を聞くことができた――それだけで充分だった。

ミッチとユリリンは口々に、お誕生日おめでとう。るい、今夜はなんだか笑顔がいつもより柔らかいね――。そう言って微笑(わら)った。

ユリリンは居ずまいを正し、頭を下げた。

「母の葬儀の時は、心づかいありがとうございました」

ユリリンのお母さんは、昨年の夏亡くなったのだ。

大変だったね。もう落ち着いた？　体調はどう？　ミッチと私は、ユリリンを気遣った。

「やることやり尽くしたから、悔いはない」

ユリリンは、きっぱりと言った。

ユリリンは長年、自宅から二十数キロ離れた実家に毎日のように通い、お母さんの介護と、家事を担っていた。そのお母さんをメインで介護していたお父さんも、その半ば体調を崩されたと聞いている。老々介護だったため、かなり無理をされたのだろう。なのでユリリンは、夕方遅くまで介護をし、夕食の仕度をして食べさせ、片付けをしてから、夜、渋滞の中を、約一時間かけて自宅に戻り、今度は自宅の家事と家族の世話と、一切合切をやっていたのだ。

「ユリリンは強いね」

と言うと、ユリリンは、フッと笑って言った。

「帰りの車、走らせながら何度叫んだことか。『バカヤロー』とか『私は誰よりも強い』『負けない』『頼れるのは自分だけ』とか、大声でね。案外すっきりするんだよ。それに家と実家が離れてて、時間があるからこそ好きなピアニストのCDを丸々、たっぷり聴けたんだ。気分を転換できる、いい時間だって思ってた。てか、自分にそう思いこませようとしていた」

そうだったのか。ユリリンの体と心は計り知れない程、疲れていたんだね。

「母が亡くなるって、想像しただけで悲しかったのよ。でも、実際こうなってみると、不思議と落ち着いてるの。慌ただしく通夜や葬儀の打ち合わせをしたり、後日、役所や銀行なんかに書類を提出したりして走り回ってるとね、不謹慎だけど、すごく充実した気持ちになってきて、悲しい悲しいなんて言ってる暇がなかったのよ。母が亡くなった半年以上経った最近になって急に、ああ、もう母はいないんだ、って寂しくてたまらなくなって、泣いちゃった」

ユリリンの目が少し潤んで見えた。

「遺された人が悲しむ暇がないように、立ち回らせてくれるのよ、何者かが」

ミッチがそう言って、更に、

「介護で流した汗と葬儀で流す涙は、反比例するって聞いたことあるよ」

と言った。たしかに。ユリリンと私はうなずいた。

「主人がね、父との同居を勧めてくれたの。私に対しては、日常の挨拶も全くなくて小言しか言わないあの人が、同居を申し出てくれたことや、父に見せる気づかいや優しさを見てるとね、これまでの結婚生活で感じてた理不尽さや、あの人への不満みたいなの全部、帳消しでいいやって思えちゃった」

ユリリンはそう言って笑顔を見せた。

「今は父のための食事作りが課題なの。朝、昼、晩。上げ膳、下げ膳。栄養のバランスを考えたり、量を量ったり。でね、父も含めた高齢者のことをもっと知りたいと思って、勉強を始めたのよ。高齢者の体の機能のことから、食材の選び方、調理法とか、目からウロコのことが多いんだよ」

　様々な「大変」をひと手に引き受けて、更に新たな目標に挑んでいけるユリリンって、やっぱりすごい。

「後悔だけはしたくないからね」

　何だか今日は、ユリリンとミッチが、ずっと年上の女性のように思える。


「最近、昔のこと思い出すようになった。若い頃ってよく泣いたなあ、とか」

　ミッチが、しみじみとした口調で言った。

「そうだね。泣けるってすごいことだなって思うよ。があっと感情を発露させるってことだものね。今は、何かあっても、簡単に涙なんて出ないもん。この次、どう対処しよう、とかすぐ考えちゃって。泣いてる暇がないというか」

「それ」「わかる」

　私の言葉に、二人が同時に相槌を打つ。

「『まだ結婚しないの？』とか、『結婚式はいつですか？』とか執拗に言ってくるバカ男も多かった。ハラスメントって言葉自体出始めで、世の中に浸透してなかったのよね」

「度々嫌な気持ちになったり傷ついたりしてた。あの頃、あんなことを繰り返してたおじさんたちって、一体どういう気だったんだろ」

「ただ『幸せになりたい』って夢見てる若い女性の心に土足で踏みこんでかき乱す。何の関係もない他人なのに」

「若い頃って、それこそ『若い』から、その土足で踏みこんでくるやつらの価値観、てか挑発に乗せられちゃって、『ああ私、このままではだめだ』なんて思いこんでた。ほとんど強迫観念だよね」

ミッチは、つぶやいて唇をかんだ。ユリリンと私は大きくため息を吐いた。

「そういう言われ方とか、からかわれるのとかがいやで、結婚を駆け込み寺みたいに思ってた」

「私は結婚したらそこには『愛の園』があるって本気で信じてたからね。完全な、全くの勘違いだって、ある時雷に打たれるようにわかった。そしてじわじわと現実に引き戻された」

真顔でそう言うユリリンの表情を見て、ミッチと私は笑った。

「みんな幸せになりたかったんだよ。みんな手探りで、自分の幸せの場所を探してたのよ」

ひとしきり笑った後、ミッチが静かにそう言った。

「るいは、昔からちゃんと『自分』を持ってたよね。一本筋の通ったものを感じてたんだ、昔から。そういうとこ好きだよ」

「そうそう。堅実だし、なんせ『努力のるい』だし」

「ありがと。そう思っててくれて。ただ私は女性の多い会社にいるから、逆に守られてたのかもしれない。仕事して一年が過ぎて、また新しい年になって、って、ただ忙しく毎日を送ってて、現在に至るんだよ。私がただ地味で不器用だから、ハラスメントの対象にならなかっただけかもしれないな。この人生、私なりには充実してたと思ってるんだけど、ひとつだけ、あるんだ」

「うん？」

「何？」

「ユリリンやミッチを含む、家庭を持ってる人達は、人と深く関わって、愛したり傷ついたり、泣いたり、って、たっぷり濃い人生を送ってきたんだろうなって思えて、そこ、うらやましく思えるんだ。何言ってるの、って怒られるかもしれないけど」

「そう、ね。たしかに深い、ね」

「深く関わりすぎて、お互い依存しちゃったり、反目したり、怒ったり悲しんだり、いろいろ、ね」

「るいが思うように、本当、人と深く関わって生きてると思うよ。子どもが生まれてからずっと子どものこと中心で生きてきたし。自分のことはすべて後回しだった。子どもが大学に入ったり就職したりしてほっとしたのも束の間、『ちょっと来てくれ』って呼ばれて、今度は親の世話よ。『後悔しないように父のお世話を』っていうのは本当の気持ちなの。だけど、『自分の好きに、自由に生きたい』っていう思いが心の中にあるのも本当なんだ。人の世話をするばかりの人生じゃなくてさ。ここだけの話だけどね」

ユリリンは、人差し指を立てて口元に当てながら、そう言った。ミッチと私は、何度もただうなずいた。

「人それぞれ、色々だけどさ、実は幸せだったんだってこと、後になってわかるんだよね」

ミッチはそう言ってうつむいた。


それからミッチは、ユリリンの真似をするように口元に人差し指を当て、ここだけの話だけどね、と微笑いながら話し始めた。笑ってはいるけれど、その笑顔がふと消える時、ミッチのきれいな眉が、ぐっと中央に寄る瞬間があることに気がついた。何か、とても深刻なことを話そうとしているに違いない……。ユリリンと私は息をのんでミッチをみつめた。

「あのね、実は、うちの主人ね。もしかしたら……」

ミッチ……。どうした？　何があった？

「もしかしたら、あの人……地球外生命体かも知れない」

「地球外、生命体？」

「ミッチのご主人が？」

「なぜそう思うの？」

なぜそうなる？

「どう考えても、そうとしか思えなくてさ。あの地震の時、背中に受けた傷もすぐ治ったし。それにね、言葉が通じないみたいなの。挨拶はもちろん、家では一切喋らないし。でも主人が思ってるらしいことは、私の中にスッて入ってくるの。光が射すように、『あれを取ってくれ』『あれをやっといてくれ』って。で、私はそれに逆らえないの。いやとでも言おうものなら、『チッ』っていう舌打ちが聞こえて、同時に怒りの感情を私の脳と心臓に照射してくるのよ」

「ちょっと、怖いじゃない。何よ、それ。テレパシー、みたいな？」

「『阿吽の呼吸が合う』とかじゃなくて？」

私たちの矢継早の質問に、ミッチは目を閉じたまま首を横に振った。

「三年前、主人が銀婚式の食事会、開いてくれたの。ホテルのレストランで」

うんうん。よかったね。いいじゃない、それ。

「うん。でも、そもそもの始まりはその時なのよ。

私、帰りの車の中で転寝しちゃってさ。その、夢か現かよくわからない、ぼんやりした状態の時に、見たの。主人が光る玉になってるのを。そして話しかけてきたの。普段は喋らないのに、すごく饒舌にさ。『地球の鈍くさい女を探しに来た』とか何とか。はっきり覚えてるもんね。忘れられない」

いつものように、口調は冗談めいているが、表情は真剣そのものだ。

「あの人には、私の知らない部分が、まだまだ沢山あるような気がしてるの。でも、正体が何であれ、私はあの人に『ありがとう』って言葉と、その意味を教えたいと思ってる」

そう言って、ミッチは顔を上げて微笑った。

ユリリンが、たずねた。

「ミッチ。この『夫は地球外生命体かも知れない』っていうの、短編の素材として、頂いてもいい？」

「いいよ。おもしろいの書いてよ。けなげな美人妻のことも忘れずにね」

わかった。ありがとね。ユリリンはそう言って、手元を動かし始めた。

「実は、私もしちゃったんだ。その、何ていうか不思議な体験。話してもいい？」

今度はユリリンが話し始めた。何やら不思議なことがその身に起こったらしい。聞きたい、聞きたい。

で、その次は私。妙にリアルで怖かった、あの夢。心の奥底にある思いはオブラートに包んでおこう。まだ……。

信じ難い不思議な話に、私たちは驚き、肌を粟立たせ、また感心し、胸を熱くした。

「コロナが収まったら、実際会って、ゆっくり話したいね」

「あ、そうだ。三人でどこか泊まりに行こうか」

「いいね」

「阿蘇とか？」

「あ、いいねェ。阿蘇。ああ、大観峰。涅槃像。そして、赤牛丼。高菜めし……！」

「とても気になる宿があるのよ。コロナ前はそこの立ち寄り湯に主人とよく行ってた。その宿、部屋は全室戸建ての離れになってるのよ。静かで落ち着いててね。部屋ごとに温泉がついてて、部屋もそのお風呂も、とても凝ってて素敵らしいの。一度でいいから泊まってみたい、私の憧れの宿なんだ。ちょっと高いけど」

「わかった。そこに行くことを目標にして、明日から節約がんばろう！」

「よし！」

玲瓏な山並みと、爽やかな風、美味しい食事。そして、素敵な宿と温泉。心が沸き立つ。話は尽きることなく、驚き、笑い、涙した。楽しい旅の計画もたてた。こうして、私の五十数回目の誕生日は、つつがなく、楽しく過ぎていったのだった。

「じゃね」と声を揃えた直後、ユリリンとミッチは、申し合わせたようにハートサインを出した。ユリリンは両手で。ミッチは左手の親指と人差し指で。敵わない――。二人はお見透しなのだ。

奇跡が重なってここに生命を得、縁ある人々と言葉を交わし、心を寄せあって、私は現在を生きている。誕生日は、感謝をする日なのだとあらためて思った。

私は両手を胸に当て、ゆっくりと目を閉じた。

# 7

友人たちとのお喋り会をした私の誕生日から五日後。桜はほぼ満開。花冷えの夜である。昨夜彼から、明日の夜会えませんか、と誘われたのだった。

二人、ライトアップされた桜並木を歩いている。彼は時々振り向いて、足元気をつけて、と私を気づかった。普段通り慣れた道も、こうして桜と光とで彩られると、そこは世にも美しい異界となり得ることを初めて知った。

市電には乗らず、ただ歩き続けた。こうして二人で歩いているのに、いつものような会話もなく、言葉も少なめだ。

昨夜、誘いを受けた瞬間、あのメイク室でのリアルな夢を思い出し、身震いした。ついに来たか……と思った。あれは悲しすぎた。もし、あれと同じことが現在の私にふりかかったとしたら。……考えただけでも怖くて身が竦む。言おう。自分の中の思いのすべてを。今夜。洗いざらい。これが最後になるかも知れないから。ゆっくりと息を吐き出すと、不思議と心が落ち着いたのだった。肚は決まった。

薄く霞んでいるような辺りの様子は、現実のものではないように感じる。また、胸が騒ぎ始めた、その時だった。

彼は突然足を止め、ここです、と、夜空を指した。私は彼の指し示す彼方を見上げた。ライトアップされた熊本城。それに並ぶように天空に架かる、欠けるところのない月。

満開の桜。絶妙に呼応し合う様は、あまりに幻想的で、痛みを伴うほど私の胸を打った。

「誕生日に見せたかったんだけど、あの日はちょっと早かったんです。月も桜も」

彼の言葉に、私はうなずいた。彼の豊かさが私の中にじんわりと浸みてくるのがわかった。

「来年も、再来年も、その次の年も。三十年後も。自分はここで、この景色を見たいです」

彼はそう言って、

「るいさんと」

と、私の方を振り向き、照れた。

「だめ、ですか？」

困惑したような彼の声に、私は首をブンブンと横に振った。

「ああ、よかった」

彼は芯から安堵したように、そう言った。

「ありがとう、ございます」

私は、目を閉じ、答えた。

「なぜかしら。この言葉しかみつからない」

「自分もです。るいさん。自分も同じです。……。ありがとうございます」

彼はそう言って、私の手をとった。彼から伝わってくる「聖いもの」を全部受け止めたくて、自分の中にある不純なものを全て流してしまうように大きく息を吸い、ゆっくりと吐き出した。

胸の奥がジンとする。心と体を縛りつけていた何かが、今、解(ほど)けた。

月は、甦った城を照らし、微かに花を揺らした。そして、見上げる私たちの上にも、金色の滴(しずく)をふりまき続けている。

著者プロフィール
**真藤 みゆ**（しんどう みゆ）
1963年、熊本県生まれ。
熊本市在住。
既刊の著書「輝きのかけらたち」（2017年、文芸社）

# 吸って吐いて、空を見上げて

2023年３月15日　初版第１刷発行

著　者　真藤 みゆ
発行者　瓜谷 綱延
発行所　株式会社文芸社
〒160-0022　東京都新宿区新宿1－10－1
電話　03-5369-3060（代表）
03-5369-2299（販売）

印　刷　株式会社文芸社
製本所　株式会社MOTOMURA


ISBN978-4-286-29029-4